아버지의 산

아버지의 산

2012년 6월 10일 1판 1쇄 발행

지은이·**정춘자** ㅣ 발행인·**이선우**
펴낸곳·도서출판 **선우미디어**
등록 ㅣ 1997. 8. 7 제300-1997-148호
110-070 서울시 종로구 내수동 75 용비어천가 1435호
☎ 2272-3351, 3352 팩스: 2272-5540 sunwoome@hanmail.net
Printed in Korea ⓒ 2012 정춘자

값 10,000원

ISBN 978-89-5658-314-3 03810

정춘자 에세이

아버지의 산

선우미디어

인간관계의 끈

김시헌

자기 책이 이 세상에 태어난다는 것은 사람의 출생과 같다.

없던 사람이 있어진다는 無에서 有가 아닌가. 그것은 사람이나 책이나 같다. 無에서 有는 곧 창조요, 창작이다. 넓은 세상에서 처음으로 존재의 의미를 갖기 때문이다.

수필은 진실의 글이다. 거짓은 발을 붙일 수 없는 곳이 수필이다. 진심은 인간관계의 가장 소중한 끈이다. 맑은 마음으로 '나는 누구인가?' 하는 질문을 자신에게 던지는 지은이를 오랫동안 보아왔다.

첫 수필집을 낸단다. 새 생명을 보는 것처럼 반갑다. 작은 곳에 큰 기쁨이 있다는 것을 항상 생각하면서 정진할 것도 당부한다. ≪아버지 산≫ 출간을 마음껏 축하한다.

2012년 3월

수리산이 보이는 안양에서

책을 내면서

메마른 대지를 촉촉이 적시며 비가 내립니다. 이 비에 생명들이 기지개를 하며 깨어납니다. 나무의 뿌리로 들어가 수액을 돌게 하고 움을 돋게 합니다. 목마른 새들도 목을 축이며 풀싹은 또 얼마나 힘찬 몸짓을 할지 가슴이 훈훈해집니다.

수필을 읽고 쓰면서 마음을 닦고 싶었습니다. 맑게 닦인 거울이 무엇이든 숨김없이 투영하는 것처럼 내 마음의 거울에서 진솔한 '나'를 보자는 생각이었습니다. 성찰은 흉내도 못 내고 속내만 털어놓고 말았습니다. 그렇지만 지나온 날들을 회고하며, 가야 할 길을 떠올려 보는 시간 속에서 행복했습니다. 외부에서 얻어지는 행복은 오래 머물지 않습니다. 그런데 내면에서 솟아나오는 행복은 내가 수필과 함께 있기만 하면 언제나 곁을 떠나지 않았습니다.

여물지 못하고 윤기도 없는 풋과일 같은 글들이 모였습니다. 첫 수확이라는 기쁨이 부끄러움을 상쇄하기에 책을 묶을 용기를 내었습니다. 언젠가 옹골찬 열매들을 거둘 날을 기다리는 마음입니다.

여기까지 올 수 있도록 손을 이끌어 주신 두 분 선생님이 계십니다. 무원(無圓) 선생님과 산영재 선생님. 은애와 관심을 가슴 깊이 새기겠습니다. 오랫동안 함께 글밭을 가꾸어 온 문우들께도 고맙고 사랑한다는 말을 전합니다. 부족한 글을 모아 아름답게 꾸며 주신 선우미디어에 감사드립니다.

책이 나오도록 기다려준 가족, 형제들이 있어 기쁨이 배가 됩니다. 모두에게 봄비 같은 축복이 내리기를 기도합니다.

2012년 5월

봄빛 가득한 목천에서   정 춘 자

차례

제4부 아버지의 산

제5부 가지 못한 길

제6부 새끼손가락

오징어 불빛

오징어 불빛이 오늘도 내 가슴속에서 말을 한다. '어미의 삶을 반추해 보아라.' 고단하다 입을 빼물고 있는 지금의 내 모습이 철부지 아이 같다. 어머니 곁을 떠난 지 수십 년이다. 겉모습은 흐르는 세월을 따라 많이도 변했는데, 내 마음속은 여전히 어머니의 둘째 딸로 맴돌고 있다.

오징어 불빛

　어둠이 깊은 꼭두새벽에 어머니가 문을 열고 나가신다. 또 어판장에 가시는구나. 나는 잠 속에서 투덜거린다. 리어카 가득히 오징어를 싣고 들어오실 때쯤은 우리 세 자매도 더 이상 이불 속에 있을 수 없다.

　동생과 나는 쪼그리고 앉아 오징어마다 대나무 꼬챙이를 꽂는다. 어머니와 언니는 우리가 꿰어 놓은 오징어를 가져다가 줄에 건다. 나와 동생이 손이고, 어머니와 언니는 발이다. 손발이 착착 잘 맞아야 일이 빨리 끝날 수 있고, 우리는 학교에 지각을 면한다. 억지로 빠져나온 잠자리에 미련을 버리지 못하는 나와 동생은 그 화를 손끝에 담아 야무지게 콕콕 오징어를 찌른다. 그러다가 제 손가락에 피를 볼 때도 많았다.

　붉은 불덩어리, 검푸른 바닷물을 뚫고 태양이 두둥실 떠오른다. 휘감겨 올 듯 부드러운 금빛 실크 자락이 물결 위에 커다란 깃발로 펼쳐진다. 펄럭이는 깃발 속에서 무수한 함성이 터져나오는 것 같아 나도 따라 환호성을 지른다. 바다가 훤히 보이는 언덕에 우리 덕장이 있다는 사실이 고맙게 느껴지는 순간이었다.

사방이 탁 트인 길가와 나지막한 언덕 위는 바람이 잘 통한다. 햇볕도 하루 종일 받을 수 있다. 그런 곳이면 어디든지 오징어 덕장을 볼 수 있었다. 통나무 기둥을 군데군데 세우고 일정한 간격으로 줄을 맨다. 그리고 칸칸이 빨래처럼 하얗게 오징어를 넌다. 학교 가는 길가, 평평한 밭둑, 비탈진 언덕, 심지어 차가 다니는 큰길 옆에도 사람들은 오징어 덕장을 만들었다.

우리가 학교에 있는 동안에도 어머니는 오징어 덕장에서 일을 하셨다. 아침에 걸었던 오징어를 뒤집고, 다리는 하나씩 가지런히 떼어 놓는다. 어제 널었던 오징어는 모조리 걷어내려 손질을 한다. 위와 아래, 양옆으로 양껏 늘리며 귀는 반듯하게 펴 놓는다. 서너 차례씩 그렇게 손길을 주며 잘 건조시킨 오징어는 좋은 값을 받을 수 있다.

여름날의 긴 하루가 덥다고 불평할 겨를 없이 해가 기운다. 그러나 밤이 되어도 어머니는 편안히 잠자리에 들 수가 없다. 어머니를 기다리는 곳, 오징어 덕장의 멍석 위가 어머니의 잠자리이다. 소나기가 불쑥 찾아드는 여름 날씨이다. 오징어가 한 방울이라도 비를 맞는다면 절대로 제 값을 받을 수 없다. 청정한 바람과 맑은 햇살에 깨끗하게 마른 오징어를 머리에 이고 상회로 가는 날은 어머니의 발걸음이 춤이라도 출 것처럼 가벼웠다. 그런 날

저녁이면 일곱 아이들과 노부모님이 함께 둘러앉은 밥상에 웃음꽃이 핀다. 밀린 공납금 때문에 집으로 오는 아이들을 회초리질해서 다시 학교로 돌려보내는 일을 한 번이라도 더 줄일 수 있다.

어머니의 둘째 딸인 나는 유난히 끈질기게 어머니를 괴롭혔다. 도시락 뚜껑 여는 것이 창피하다고 쌌다 풀었다 몇 번씩 거듭하다가 살그머니 부엌 시렁에 올려놓고 학교에 가서 배를 곯았다. 책을 사 달라고 조르기 시작하면 나갔다 들어갔다 며칠이고 눈앞에서 알찐거린다.

어머니에게 나는 애물이었다. 오줌도 가리지 못하는 젖먹이였을 때 외가에 맡겼다가 아홉 살이 되어서야 집으로 데려왔기 때문이다. 연년생 동생이 "넌 누구야? 왜 우리 집에 왔어, 빨리 가!" 하는 말을 할 때마다 어머니는 안쓰러운 눈빛을 내게 쏟아 부으셨다. 그러니 내가 아무리 못나게 굴어도 매몰차게 대할 수 없으셨다.

하기야 나 혼자만 아픈 손가락이겠는가. 큰딸, 맏아들, 중간에 끼여 숨도 제대로 못 쉬는 두 아들, 셋째딸, 막둥이. 저마다 무거운 의미를 던지며 고개를 드는 자식들이다. 모두 살을 베고 뼈를 깎아서라도 먹이고 입히며 가르쳐야 할 분신이 아닌가.

어느 날 오징어를 팔러 상회에 가셨던 어머니가 나와 동생을 부르며 광주리를 내려놓으셨다. 물방울무늬가 선명한 원피스 두 벌이 광주리 속에서 펼쳐져 나왔다. 동글동글한 물방울이 금방이라도 굴러 떨어질 것처럼 영롱했다. 쌍둥이인 양 둘을 똑같이 입혀 놓고 "예쁘다!" 하며 웃으셨다. 햇살보다 더 밝은 웃음이었다.

포플린 원피스를 사다 주신 다음부터 나는 덕장의 여름밤이 기다려졌다. 어머니를 열심히 돕기만 하면 새 운동화도 생길 수 있다는 기쁨에 어머니가 부르지 않아도 덕장 일을 도왔다. 두어 집, 혹은 서너 집의 어머니들이 한 멍석에 둘러앉아 오징어 손질을 하며 밤을 새웠다. 두런두런 나누는 이야기 소리가 꿈속에서 들렸다. 머리맡 모깃불은 밤새 쑥 냄새, 청솔 향기를 피워 올리며 고단한 사람들을 모기로부터 지켜냈다.

그러나 그 밤의 파수꾼은 다름 아닌 오징어 자신들이었다. 그들은 스스로 빛을 내고 있었다. 달빛도 숨어버리는 캄캄한 밤, 전등은 고사하고 희미한 촛불조차 켤 수 없는 그 밤을 오징어들은 제 몸의 물기를 걷어내며 빛을 발한다. 희고 푸르스름한 형광색. 단 한 마리만 보면 빛이라고 하기에는 너무나 초라하다. 그저 파리한 얼룩일 뿐이다. 그러나 수많은 오징어가 모여 발하는 그 빛은 덕장 주위에 전깃불을 밝힌 것 같다. 그리고 그 빛은 내 기억 속에서 영원한 불멸의 빛이 되었다. 세상의 모든 어머니들처럼 있는 듯 없는 듯, 그렇지만 분명한 빛을 발하는 그런 빛이 되어 내 영혼을 밝히고 있다.

오징어 불빛이 오늘도 내 가슴속에서 말을 한다. '어미의 삶을 반추해 보아라.' 고단하다 입을 빼물고 있는 지금의 내 모습이 철부지 아이 같다. 어머니 곁을 떠난 지 수십 년이다. 겉모습은 흐르는 세월을 따라 많이도 변했는데, 내 마음속은 여전히 어머니의 둘째 딸로 맴돌고 있다. 나는 언제쯤 원숙한 어른에 이르게 될는지….

구두 두 켤레

동행과 잡담에 빠져 느린 걸음을 걷고 있었다. 앞에서 오고 있는 사람의 시선을 따갑게 느꼈지만, 이번에도 내가 주변의 누구와 닮았나 보다 생각하며 지나치려 했다. 나는 평소 사람들로부터 어디서 많이 본 것 같다는 말을 자주 듣는 편이다.

"동제 엄마 맞지?"

확신에 찬 목소리, 그제야 그를 자세히 보았다.

"병수 엄마?"

우리는 대로에서 얼싸안았다. 그리고 빙글빙글 돌았다. 내 손에 들려 있던 종이컵의 커피가 그의 등에 얼룩무늬를 찍으며 쏟아졌다. 길을 가던 사람들이 빙그레 웃으며 우리를 쳐다보았다. 옷의 커피 자국이나 주위의 시선쯤 아랑곳하지 않고 우리 두 사람은 생각지 못한 해후에 덩실덩실 춤을 추고 싶은 심정이었다.

동행을 먼저 보내고 그와 나는 찻집에 마주 앉았다. 어디서 어떻게 살았느냐고 서로 먼저 묻는다. 찻잔 위에 서리는 김을 따라 아득한 시간들이 모락거린다. 그의 눈가의 잔주름으로 나도 저만큼 늙었으려니 짐작케 한다.

그런데도 그는 당신은 어쩌면 옛 모습 그대로냐, 세월이 비껴가는 비결이라도 있느냐며 듣기 좋은 말을 쉬지 않는다. 그의 인정 넘치는 속마음도 여전하다.

20년 전쯤의 일이다. 살던 집이 팔리고 새집으로 들어가려면 한 달 동안의 간격이 생겼다. 몇 밤을 잠 못 이루고 고민했다. 이삿짐 업체에 짐을 맡기고 친척 집에서 잠을 얻어 잘 수밖에 없다는 결론을 냈다.

집을 비어줄 날짜가 임박한 어느 날, 교회에서 예배를 마치고 나오다가 그와 마주쳤다. 그가 언제 이사 가느냐고 내게 물었다. 나는 며칠간 속을 끓인 이야기를 하며 방 한 칸 내놓으라고 농담을 했다. "그랬구나. 우리 집으로 와." 그의 대답이 흔쾌했다. 나는 귀를 의심하며 찬찬히 그의 눈을 들여다보았다. 진심이었다.

우리 네 식구가 그의 집으로 염치를 무릅쓰고 들어갔다. 짐도 그의 집 지하실에 쌓았다. 밥을 한 솥에 지으며 목욕실도 같이 사용하게 되었다. 나는 우리 두 아이들에게 "방에서 나가지 마라, 화장실에서 오래 있으면 안 된다." 거듭거듭 주의를 주었다. 그러나 그는 "거실에서 마음껏 뛰어놀아라. 냉장고에서 먹고 싶은 것 다 꺼내어 먹어라. 형들 방에 들어가도 좋다." 하고 아이들을 부추겼다. 6학년, 5학년, 4학년, 3학년, 네 남자 아이들은 뒤섞여

낮가림도 하지 않고 신나는 하루하루였다. 두 집의 가장들은 먼 산의 불구경하듯 멍하니 지켜볼 뿐이었다.

하루는 그가 외출을 했다. 나는 그가 없는 사이에 빨리 세탁을 하리라 생각하여 빨래 바구니에 담겨 있는 세탁물을 제대로 살피지도 않고 세탁기를 돌렸다. 세탁이 끝난 세탁물을 꺼내어 빨랫줄에 널다가 '이건 물빨래해서는 안 되는데…….' 병수 아빠의 양복 바지를 손에 들고 난감해하고 있었다. 마침 외출에서 돌아오던 그가 그 광경을 보았다. 당황하는 기색이 역력했다. 그러다가 얼른 표정을 바꾸며 크게 웃었다. "우리 병수 아빠 새 양복 입게 생겼네, 너무 오래 입었다고 늘 투덜거렸거든."

한 달 동안 그에게 불편만 끼치고 우리는 새집으로 이사를 했다. 나는 겨우 구두 두 켤레로 그에게 고맙다는 인사를 했다. 얼마쯤 후에 그의 집도 강남 쪽으로 옮겨 앉았다. 몇 번인가 왕래가 있었지만 내가 자주 이사를 하다 보니 연락이 끊어졌다. 그런데 그의 집이 있는 곳도 아니고 내가 사는 곳도 아닌, 엉뚱한 곳에서 그를 만난 것이다.

나는 그의 신발을 내려다보았다. 예전의 그 구두를 신고 있으리라 기대한 것은 아니다. 다만, 그가 내게 보여준 큰 사랑에 너무나 미흡한 답례를 한 것이 늘 마음에 남아 있었다. 그리고 새 구두를 살 때마다 그가 보고 싶었다. 아니, 신발을 신고 벗을 때마다 그를 생각했다. 아마도 더 풍족한 선물을 했었다면 내 마음의 짐은 남지 않았으리라. 그와 같이 통 큰 사람이 되려고 노력도 해 보았고,

20 정춘자 아버지의 산
제1부 **오징어 불빛**

그와 비슷하게 내 키가 작은 것을 흐뭇하게 여긴 적도 있었다.

튕겨져 나온 화살처럼 시간이 날아간다. 또 언제 만날 수 있을지 기약 없이 헤어져야 한다. 그는 경기도 소도시에서 전원생활을 한다고 했다. 나는 곧 천안으로 이사를 해야 한다. 만나기 어렵겠네. 그렇게 말하는 그의 눈빛이 그윽하다.

손을 흔드는 그의 어깨 뒤로 노을빛이 붉다. 새파랗게 젊었던 그의 얼굴이 노을 때문인가 쓸쓸한 가을빛이다. 나는 또 그의 신발을 본다. 멀어져 가는 뒷모습이 아직도 내 시야에 남아 있는데, 벌써 나는 그가 그립다. 언제일까, 어쩌면 다시 오지 않을 수도 있는 그와의 만남을 기다리며 나는 살아가리라.

쌀 항아리

　이불과 가구와 온갖 살림살이가 모두 새것뿐인 신혼 생활이었다. 그때는 나에게도 '새댁'이라는 애칭이 따라다녔다. 스물네 살, 볼이 복숭아 같은 여인이었다. 빗자루와 쓰레받기, 연탄집게까지 쓰던 것은 없으니, 새 항아리도 필요했다.

　쌀을 담아 놓을 요량인 항아리를 사기 위해 옹기점을 찾았다. 쌀을 보관할 그릇으로 옹기 항아리만한 것이 없다, 그 말은 어머니로부터 들었을 것이다. 옹기점을 기웃거리며 들어갔던 기억이 있다. 갓 나왔어도 예스럽고, 오래 되었어도 궁상스럽지 않은 항아리들 앞에서 나는 한참 서성거렸다. 주인장이 나에게 어떤 용도의 항아리를 찾느냐 물었고, 나는 쌀 항아리라는 대답을 했다. 배가 불룩한 항아리들 앞으로 안내되었다.

　단 두 식구에 두 말들이 항아리가 맞춤해 보였다. 포개진 채 늘어서 있는 항아리 더미 속에서 나는 꼭 선택할 수밖에 없는,

나와 운명을 같이할 주인공을 발견했다. 목이 짧고 배가 불룩한, 질박하면서도 은근히 윤기가 도는 것이었다. 형태도 마음에 들었지만 무엇보다 마음을 잡은 것은 목 언저리에 새겨진 숫자였다. '1970'이라는 연도는 내가 새댁이 된 그 해에 세상에 나왔다는 증거였다. '새 술은 새 부대에' 나는 무척 흔쾌한 기분으로 항아리를 들여놓았다. 그리고 지금껏 그 항아리에 쌀이 아닌 다른 무엇을 담아보지 않았다.

쌀 항아리는 이제 나에게 40년 친구가 되었다. 가끔 항아리 곁에 앉는다. '당신, 나와 처음 만났을 때 꽤 귀여운 얼굴이었는데….' 항아리가 그렇게 나에게 농담을 던지는 것 같다. 그러면 나는 '당신은 어쩌면 그때나 지금이나 똑같이 배가 불러?' 그렇게 속으로 말하고 웃는다.

이 세상에 나를 떨어뜨려 놓은 어머니를 수시로 떠올리는 것처럼 쌀 항아리를 빚어 세상 빛을 보게 한 옹기장이를 나는 때때로 생각한다. 그는 어떤 의도로 항아리의 몸에 연도를 새겨 넣었을까. 아마도 새내기 옹기장이가 아니었을까. 이 일, 저 일, 적성에 맞는 일을 찾아 헤매다가 드디어 흙을 만지는 일에 마음을 붙여 옹기 터에 발을 묶었을지도 모른다. 잡다한 허드렛일부터 시작하여 손이 트고 발이 거칠어진 후에야 그는 겨우 스승의 허락을 얻어 물레 앞에 앉을 수 있었을 것이다.

설레는 가슴을 억제하며 몇 번인가 실패를 거듭한 끝에 드디어 흡족한 모양의 항아리를 만들게 된다. 감격에 겨워 무언가 징표를 남기고 싶어 궁리를 한다. 고뇌하며 써 넣은 것이 첫 작품의 연도였으리라.

내 상상대로라면 그는 지금쯤 대단한 장인이 되었을 것이다. 각종 편리한 살림 용기들이 범람하여 옹기 항아리들이 인기를 잃었지만 그는 꿋꿋이 옹기장이의 길을 버리지 않았으리라 믿고 싶다. 아니, 믿음을 넘어 확신을 갖고 싶다.

세상 많은 사람이 눈앞의 이익을 좇아 살고 있지만 자신의 일을 천직으로 여기며 목숨이 다하는 날까지 오직 한 길만 고수하는 사람들 속에 그가 들어 있다는 확신은 나를 행복감에 젖게 한다. 휘영청 달 밝은 밤, 달을 닮은 항아리를 구상하느라 잠 못 이루는 한 사람의 작품을 나도 간직하고 있다는 넉넉한 기쁨이 차오르기 때문이다.

눈뜨고 나면 새로워지는 세상이다. 새것 아니면 안 된다는 사고의 틀에 박혀 있던 나도 이제는 낡은 사람이 되었다. 옛사람이 되고 보니 내가 사용하는 모든 것들도 함께 허름한 옛날 분위기이다. 가구와 부엌 집기, 자질구레한 소품들까지도 몇십 년이 넘는다. 시어머니로부터 물려받은 것 중에는 백 년이 훌쩍 넘는 것도 있다.

귀여운 모습이었던 새댁은 쭈그렁 할머니로 변했는데, 쌀 항아리는 조금도 변하지 않고 옛 모습을 그대로 지켜간다. 내가 이 세상에서 사라져도 그는 언제까지라도 그 모습 그대로 남을 것이다.

언제쯤 며느리를 불러 놓고 항아리의 사연을 이야기해야 할 것 같다. 잘 간직하고 아니 하는 것까지 신경 쓸 일은 아니다. 내 삶의 모든 것을 지켜본 항아리에 대한 예의는 지켜야겠기에 나와 함께 새살림을 시작한 항아리라는 이야기는 해 두어야 하지 않을까.

옷은 새 옷이 좋지만, 사람은 옛사람이 좋다. 오랜 세월 부대끼며 정(情)이 들었으니 새 사람보다 옛사람이 좋은 것이다. 그런데 정은 사람과 사람 사이에만 쌓이는 것이 아니다. 나와 쌀 항아리 사이에도 함께한 세월의 두께만큼이나 깊은 정이 들었다. 이제는 쌀 항아리 앞에 서기만 하면 콧등이 시큰해진다. 그가 나인 것 같고 내가 항아리인 것만 같아서이다.

평생을 허리 한 번 쭉 펴지 못하는 나를 지켜보며 그도 가슴앓이가 잦았을 것이다. 나도 오늘처럼 혹독하게 추운 날 베란다 차가운 시멘트 바닥에 있어야 하는 항아리의 신세가 늘 안쓰럽다. 올겨울 유난히 추운 날씨 때문에 마음속으로 매운 바람이 들어온다.

산속의 벤치

    겨울산은 고요하다. 나무들의 숨소리, 새들의 속삭임, 바람이 지나는 소리. 모두 들릴 듯 말 듯 은밀하다. 내 발자국 소리가 산속의 질서를 깨뜨릴까 봐 조심스럽다. 그런데 어쩌랴. 내 숨소리가 거칠어진다. 동네에 인접한 산이지만 30분쯤 가파른 능선을 올라야 정상이다. 산을 찾는 사람마다 그 고갯길에서 헐떡이지 않는 사람이 없다. 입에서 단내가 난다. 숨이 멎을 것 같다는 표현으로 사람들이 붙인 이름이 '깔딱고개'이다.

    정상에 서면 흙바닥일망정 털썩 주저앉고 싶다. 누군가 나와 똑같은 마음이었는지 벤치를 만들어 놓았다. 사실은 벤치라는 우아한 단어가 어울리지 않는 나무토막 의자이다. 두 손으로 감싸면 손 안에 쏙 들어오는 몸통에 보통 키의 사람만 한 참나무 토막. 비슷한 크기로 세 개가 나란히 한 몸이 되었다. 양옆의 아름드리 소나무가 기둥이다. 산에 다니는 사람 중 누군가 만들어 놓은 것이다.

짜임새 있게 조성된 공원에서 벤치는 빠질 수 없는 구성물이다. 인적 뜸한 해변에서도 벤치는 먼 수평선과 함께 낭만의 상징이다. 다정히 어깨를 감싼 연인, 홀로 앉아 깊은 사색에 잠긴 사람, 연륜이 멋으로 배어나는 노인, 도타운 우정이 엿보이는 친구들. 모두 벤치에 앉으면 그들의 모습은 주변을 둘러싼 자연과 함께 아름다운 그림이 된다. 아무도 앉지 않은 비어 있는 벤치는 어쩐지 외로운 여인이 연상된다. 하염없이 누군가를 기다리는 여인….

새색시가 퇴근할 낭군을 기다리며 현관 밖의 발자국 소리에 귀를 나팔처럼 열고 있었다. 딩동, 벨소리가 울렸다. 분명 낭군의 귀가 시간이다. 여인은 부리나케 현관으로 뛰어나가다 미끄러졌다. 마룻바닥에 떨어져 있는 비닐봉지를 밟았던 것이다. 바닥에 얼굴을 찧었다. 아파서 눈물이 흘렀다. 그렇지만 일어나 문을 열었다. 문으로 들어오는 새신랑에게 풀썩 안기고 싶었다. 그런데 안으로 들어온 사람은 기다리던 새신랑이 아니라 엉뚱한 사람이었다.

여인은 엉엉 소리 내어 울었다. 아픈 것도 서러웠지만 새신랑이 아니라 연고도 없는 사람 때문에 넘어진 것이 더욱 야속했다. 뽀얀 얼굴에 시퍼런 멍이 들었다. 달포는 바깥출입을 할 수 없었던 우리 집 큰며느리의 신혼 이야기이다. 여인의 삶은 그렇게 지아비를 기다리며, 자식을 기다리며, 비어 있는 의자처럼 쓸쓸하다.

그러나 비어 있는 의자의 분위기를 가만히 생각해 보면 여인의 삶이 아름다움과 연결된다. 가족에게 기대어 앉을 수 있는 여지를 제공하며 여유와 기다림을 함께 지니고 있기에, 허전하지만 곧 채워질 기대를 갖게 한다. 쓸쓸하다는 말의 내면이 가지고 있는 한가하면서도 그윽한 깊이 때문이 아닐까.

산속의 벤치도 내가 오기를 고대한다. 산을 오가는 사람은 무수히 많은데 웬일인지 벤치는 내가 갈 때마다 비어 있다. 울퉁불퉁한 나무의 표면이 편치 않을 것 같아 그냥 지나치는가. 등을 기대고 안락하게 앉을 수 있는 의자가 아니므로 편안함을 기대할 수는 없다. 그렇지만 투박함이 순수한 멋을 풍기는 그 벤치가 나는 만날 때마다 반갑다. 번듯한 멋이나 산뜻한 외형은 갖추지 못했지만 그러기에 땀 냄새 풍기는 몸을 내려놓으면서도 거리낌이 없다. 꾸미지 않고 겉치레 없는 사람을 만나는 것처럼 나도 체면이나 허식에서 자유로워진다고 할까. 진정 친근하게 느껴지는 마음이다.

숨을 헐떡거리며 산비탈을 올라와 벤치에 털썩 앉으면 지나가던 바람이 내 이마에 와서 앉는다. 나무들도 우르르 곁에 와서 가지를 흔든다. 발 아래 가랑잎은 사근사근 속삭인다. 그 속삭임은 속된 내 심사를 말갛게 씻어 버릴 만큼 다정하다. 영혼을 맑히는 휴식이 느껴지는 순간이다. 아프고 힘겨운 일을 잊으라 하고, 사노라면 욕심도 생기고 화도 일어나고 어리석은 말을 할 때도 있다고 위로를 얻는다. 세상살이 빈틈 많은 것이 조금도 부끄럽지 않고 근심 걱정 허다한 삶도 당연하게 끌어안을 수 있으리라는 다짐이 생기는 것도 그 벤치 위에 있을 때의 기분이다.

산을 내려와서도 산속 벤치에 앉았던 여운이 쉽게 가시지 않는다. 순박한 여인을 벗으로 삼은 듯 잠자리에 들어도 그 벤치가 눈앞에 어른거린다. 오랫동안 그 벗으로 인해 마음밭이 훈훈할 것 같다. 산 벗이니 봄이 오면 진달래 꽃무리 속에서 우리의 만남은 환상적이리라. 봄 산의 싱그러움을 고스란히 그와 함께 누릴 생각을 하며 행복한 가슴이 되어 눈을 감는다.

행복한 눈물

　직장암 수술을 받고 누워 있는 형부의 얼굴이 초췌하다. 칠십을 넘긴 노쇠한 모습에서 병마의 고통과 함께 가을날 해 질 녘처럼 쓸쓸한 분위기가 흐른다. 웃어본 적이 언제인지 모르겠다며 크게 웃을 일 좀 없을까 내게 물으신다. 병명이 안고 있는 중압감을 떨쳐버릴 수 없는 나는 쓴웃음을 지을 수밖에 없다.

　쇳덩이같이 무거운 분위기를 부드럽게 바꾸고 싶었는지 형부가 살아온 이야기를 시작한다. 마치 한 줄 한 줄 자서전을 쓰듯, 생의 마지막 이야기라도 남겨야 한다는 결심이라도 한 듯 입을 달싹거린다.

　언니를 데려와 40년 넘게 고생만 시켰다는 말로 서두를 연다. 언니가 당신에게 시집올 때 얼마나 복스러웠는지, 동네 사람들에게 어깨가 으쓱했다. 행복하게 해주려 무던히 애를 썼지만 세상살이는 자꾸 부부를 흙먼지 풀썩거리고 눈보라 휘몰아치는 벌판으로 끌고 다녔다. 끝이 보이지 않는 가시밭길이 눈앞을 가로막을 때도 있었다. 성한 곳 없이 상처를 입고 쓰러지면서도 오뚝이처럼 일어설 수 있었던 것은 오직 언니가 곁을 지켜 주었기 때문이다. 그러다보니 우윳빛 피부가 검댕을 바른 듯, 등은 새우등처럼 휘어 버린 망구가 되었으니 당신 가슴에 못이 박힌다는 것이다. 게다가 이제 고치기 어려운 병수발까지 맡기게 되었다. 그러니 수술 이후의 치료를 더 이상 받고 싶지 않다는 말을 더듬거린다. 항암 치료를 염두에 둔 것이다.

무슨 그런 말이 있냐고 내가 정색을 하자 형부는 시선을 피하며 다음 말을 이어간다. "그런데 말이야, 내가 매양 힘들기만 한 인생은 아니었거든." 흐뭇한 미소가 형부의 눈가에 번진다. 30kg 소금 자루를 메고 고층 아파트의 젊은 아기 엄마들에게 배달을 가면 따끈한 커피 대접을 받을 때가 있다. 또 규모 큰 음식점에 배달을 할 때 열심히 음식 준비를 하던 팔뚝 굵은 젊은이들이 반색을 하며 나와 소금 자루를 받으며 웃어준다. 그리고 꼭 한 마디씩 잊지 않는다. "어르신, 천하장사세요!" 그 말을 들을 때와 그 향기 좋은 커피를 마실 때는 당신이 소금 자루를 나르는 것이 그리도 행복했노라 말하는 형부의 볼을 타고 눈물이 주르륵 흐른다. 앞으로는 만끽할 수 없는 추억의 눈물이다. 형부의 눈물 앞에서 나는 몸 둘 곳을 찾지 못하고 밖으로 나왔다.

형부는 입원 전날까지 소금 자루를 날랐다. 언니와 함께 눈비 오는 날, 춥고 더운 날을 가리지 않고 일 년 삼백육십오 일, 하루도 가게 문을 닫은 적이 없다. 입원 중에도 문을 닫지 못하게 해 언니가 타는 가슴으로 가게를 지킨다. 그로 인해 당분간 내가 병상을 담당하고 있다. 나는 형부가 생명보다 일을 중히 여기는 것이 마뜩찮다. 그러나 행복한 눈물이 내 마음을 녹이고 있다. 형부에게 일과 생명은 같은 의미의 다른 이름일 뿐이다.

넝쿨장미 꽃길을 걷는다. 붉고, 희고, 분홍빛의 꽃담이 병원을 둘러싸고 끝이 없다. 꽃담 뒤로 나무가 우거진 숲 속에서 초록빛 바람이 싱그럽게 불어온다. 생명력 넘치는 계절을 만난 자연은 아름답게 제 모습을 자랑하는데, 그 앞을 서성이는 사람들은 링거를 달고 환자복을 입었다. 휠체어에 몸을 얹고 근심 어린 표정을 한 사람들도 많다.

병실로 돌아가야 한다. 가서, 형부에게 항암 치료까지 잘 견뎌내면 다시 일을 할 수 있다고 허풍 섞어가며 용기를 주어야 한다. 병이 든 것은 형부의 육신일 뿐, 영혼까지 침투할 수는 없을 것이다. 일을 사랑하는 형부의 영혼이 어쩌면 형부를 암으로부터 구원할 수도 있지 않겠는가. 이런 나의 말을 들으며 형부가 눈을 지그시 감고 생각에 잠길지도 모른다. 다시 소금 자루 둘러멜 당신 모습을 상상하며 또 한 번 행복한 눈물을 흘릴 수만 있다면 좋겠다.

절 받는 나무

집을 사러 다니다 보면 여러 가지 조건에 신경이 쓰인다. 교통이 편리한지, 시장은 가까운지. 또 투자 가치가 있는지 등 한두 가지가 아니다. 그런데 아이들이 다 제 둥지를 마련하고 두 부부만 남자 생각이 조금 달라졌다. 공기 맑고 한적한 지방 쪽으로 자꾸 마음이 끌렸다. 마침 번잡하고 화려한 서울은 엄두도 낼 수 없는 형편이다 보니 도시를 벗어나기로 하였다. 매일 정해진 시간에 출퇴근할 사람도 없고, 집값이 오르고 내리는 것을 신경 쓸 만큼 이재(理財)에 밝지도 못하였다.

경기도 시흥에 살고 있는 동생 집 근처로 가닥이 잡혔다. 시골 같은 도시, 도시 같은 시골이라는 인상이 머릿속에 남아 있기 때문이었다. '연꽃 마을'이라는 정감 있는 이름도 기억 속에 남아 있었다.

아파트 단지는 아담했다. 동그랗게 서로 마주 보고 서 있는 높다란 건물이 시멘트같지 않게 다정하고 따뜻한 분위기였다.

이사를 한 것은 5월 중순이었다. 짐을 푼 다음 날 아침 베란다 창문을 열었다. 막 떠오르는 햇살을 받으며 푸른빛을 발하는 나무 한 그루를 발견하였다. 그 나무는 주위에 아주 넓은 공간을 거느리고 있었다. 아파트 건물 한 동이 너끈히 들어설 수 있을 만큼의 터전이었다.

나무를 중심으로 둥근 언덕을 만들고 언덕 아래로 연두색 페인트칠을 한 높은 철망이 둘러쳐 있다. 그리고 나무로 오르는 계단은 붉은 벽돌을 쌓아 견고해 보였다.

나는 궁금함을 참을 수 없었다. 그 아침에 나무 가까이 갔다. 나무는 커다란 명패를 달고 있다. '수령 : 1,000년. 나무 종류 : 향나무' 숙연히 나무를 위에서부터 아래까지 훑어보았다. 그리고 오랜 시간 나무 곁에서 생각에 잠겼다. 천 년이라 함은 헤아릴 수 없는 시간의 상징이다. 유구한 세월 동안 나무는 사람들 곁에서 사람들을 지켜보았고, 사람들 또한 나무를 쳐다보며 살았을 것이다.

언제쯤이었을까. 성장은 멈춘 듯 나무의 둥치는 어른 두 사람이 두 팔을 벌려야 안을 수 있을 것 같고, 키는 내가 고개를 젖혀야 쳐다볼 정도이다.

우듬지에 지어 놓은 까치집이 안온했다. 그러고 보면 그 가없는 시간 속에서 나무가 거두었을 생명이 얼마나 많았을지 가늠이 되지 않는다. 위로 뻗은 가지 끄트머리를 까치들에게 내어주고, 몸통의 허리에는 부리로 구멍을 파는 새들을 깃들게 하고, 가지와 가지 사이로 그물을 만드는 곤충들을 뿌리치지 않으며, 뿌리로 기어드는 생명들도 거부하지 않았으리라.

그 대가로 나무에게 돌아오는 것은 아픔뿐이었다. 구멍이 뚫리고 뿌리가 파헤쳐지는 상처를 입으며 나무는 오늘에 이르렀다. 그뿐인가. 비 오고, 바람 불고, 눈 내리는 날에도 변함없이 푸른빛을 잃지 않았다. 천 년의 고독을 안으로, 안으로 삭여 온 나무는 세상 욕심은 모조리 내려놓고 살아온 성자 같은 고결(高潔)함이 배어 있었다.

다음 해 정월 초하룻날, 한복 두루마기까지 정갈하게 차려입은 중년의 남녀가 그 나무 아래에 돗자리를 펴고 절을 하는 것이었다. 자세히 보니 다과와 탁주병도 돗자리 위에 놓였다. 공손히 절을 끝낸 두 사람은 나무 주변을 돌며 탁주를 부었다. 나무에게 절을 한 두 사람은 아파트 관리소장과 부녀회 회장이며, 그 일은 매년 반복되는 행사라고 했다. 아파트를 시공할 때 나무를 둘러싼 사연이 많았다는 이야기도 원주민으로부터 들었다.

시공업자 측에서는 나무를 뽑아버리겠다, 마을 사람들은 절대 뽑으면 안 된다 하며 오랜 시일을 밀고 당기는 실랑이 끝에 결국 여전히 마을의 수호신으로 나무는 제자리를 지키게 되었다.

때로는 친구처럼 때로는 스승처럼, 가끔은 수행자처럼 우러르며 나는 그곳에 사는 동안 행복했다. 찾아가 말없이 나무에 기대어 서면 어쩐지 가슴속 답답함이 바람에 안개 걷히듯 사라졌다.

삶이 고단하고 슬플 때도 나무를 바라보았다. 그러면 나무는 언제나 의연한 모습을 보여 주었다. 침묵하며 살아가는 삶을 가르쳤다. 그러면서 푸른빛을 잃지 않는 꿋꿋함은 도저히 닮을 수 없는 당당함이었다.

나무를 볼 수 없는 먼 곳으로 또다시 이사를 하였다. 그 나무가 보고 싶을 때가 많다. 의연하고 당당한, 그래서 고결(高潔)한 위상을 잃지 않는 나무가 선명하게 떠오르곤 한다. 무변광대한 우주 속에서 나 한 사람이 먼지처럼 느껴질 때나, 모두가 앞서서 달려가는 세상에서 나만 낙오자처럼 따라가지 못한다고 낙심될 때, 나무는 어김없이 우뚝 모습을 나타낸다. 살아 있다는 것 하나만으로 천 년 동안 사람들에게 삶의 희망과 용기를 주었기 때문이리라.

따사로운 봄 햇살에 나무는 또 새 잎을 틔울 것이다. 고목(古木)이 발산하는 생명력, 그 풋풋하고 보드라운 새순의 향취는 늠름한 겉모습 속에 숨겨진 또 다른 매력이 아닐까.

여인의 손짓

언니 집에서 십여 분 걸으면 바다에 닿는다. 해수욕장을 표시하는 커다란 표목이 도로 가운데 서 있고, 나는 푯말이 가리키는 쪽으로 들어섰다. 하늘이 지면과 맞닿을 듯이 낮고 구름은 두껍다. 삼월 하순인데도 오슬오슬 추운 날씨이다. 어제 눈이 내리더니 봄이 주춤거리는 모양이다.

해변이 가까워지자 을씨년스런 바닷바람이 살 속을 파고든다. 몸을 웅크리면서 해수욕장 입구에 닿았다. 이른 봄날, 그것도 날씨까지 불순한 날 바다를 찾는 사람이 있을 리 없다. 쓸쓸함과 고적함만이 파도와 함께 출렁이는 바다를 향하여 걷는 나에게서 수상한 분위기를 느꼈을까. 내 얼굴을 유심히 쳐다보는 시선을 느꼈다.

자동차들이 빈번히 달리는 보도 옆 인도에 여인은 서 있었다. 두꺼운 겨울 점퍼를 입고. 찻길을 사이에 두고 여인과 내가 마주

보는 순간 승용차 한 대가 지나간다. 여인은 성급히 눈길을 자동차로 던지며 손짓을 한다. 급한 용건이라도 있는 모양 차를 세우는 것이다. 그러나 자동차는 아무런 반응 없이 지나쳐 간다. 자동차가 줄줄이 달려오고 여인의 손짓도 연달아 쉬지 않는다.

무슨 사연일까. 영업용 택시를 세우는 것도 아니고 자가용 승용차만 골라서 손짓을 하는 이유가 무엇일까? 내 판단으로 여인의 행동은 틀림없이 정상인이 아니다. 삶의 어디쯤의 기억을 붙잡고 그 매듭에 매어 있는 것일까. 짐작컨대 여인의 나이는 겨우 30후반이다. 그의 젊음이 안타깝다. 얼마나 찬란한 날들이 펼쳐질 나이인가. 화사한 꽃길의 봄날처럼, 녹음이 짙어지는 여름날처럼 희망을 노래하고 꿈을 엮어갈 나이가 아닌가.

파도가 눈앞에서 밀려가고 밀려오며 시간을 밀고 당긴다. 파도가 모랫바닥에 철썩 부딪힐 때마다 시곗바늘이 똑딱 움직이는 찰나를 느끼게 한다. 그리고 또 영원을 생각하게 한다. 순간과 영원. 바다에서는 순간도 영원도 침묵으로 다가온다.

돌아오는 길에도 아까 그 여인은 여전히 지나가는 차를 향하여 손짓을 하고 있다. 언제까지일지 모른다. 마치 순간에서 영원으로 이어지는 파도처럼 그렇게 끝도 없는 손짓을 한다. 어느새 나를 발견하고는 나에게 무슨 말을 하고 싶은 표정이다. 나는 얼른 여인에게서 시선을 내려 내 발밑을 보았다. 나에게 어떤 말을 걸어오든 나는 성실히 대답을 할 자신이 없다. 아니, 내가 대답할 수 없는 황당한 말을 던질까 봐 두려웠다.

나는 잰걸음으로 뒤도 돌아보지 않고 집으로 들어와 여인을 까맣게 잊었다. 일주일쯤 지났을까 봄날답게 따사로운 날, 나는 또 바다로 산책을 나갔다. 전에 여인을 보았던 자리에 이르렀을 때였다. 대여섯 명의 여인들이 도로 옆에 즐비하게 서서 지나가는 자동차를 향하여 손짓을 하고 있었다. 이번에는 나이 지긋한 아주머니도 눈에 띄었다. 나는 눈을 휘둥그렇게 뜨고 그들을 살폈다. 그러다가 한 아주머니와 눈이 마주쳤다.

"민박하세요. 싸고 깨끗한 집이에요. 전망도 좋아요!"

아주머니는 나의 옷소매를 잡아끌며 속사포로 말을 하였다. 고개를 설설 내저으며 나는 겨우 아주머니의 손에서 벗어났다. 그리고 두리번거리며 주위를 살폈다. 혹시 전날의 여인이 나와 있을지도 모를 일이었다. 여인이 있으면 알은 체를 하고 싶었다. 부단히 살고 있는 사람을 광인 취급했으니 미안한 노릇이 아닌가. 손이라도 한 번 잡고 미안하다는 표시를 해야 할 것 같았다.

여인 쪽에서 보면 오히려 내가 정상이 아닌 사람이었을 것이다. 눈이라도 쏟아질 듯이 잔뜩 흐린 날 바다를 향하여 힘없이 걷고 있는 흰머리 성성한 중노인을 보고, 어딘가 이상하다고 느끼지 않았을까. 그래도 행여 민박 손님을 건지려고 말을 걸려다 나의 외면으로 실망을 했으리라. 한참 동안 그렇게 복잡한 생각을 하며 여인을 찾았지만 볼 수가 없었다.

자꾸만 미안했다. 그 여인에게 미안한 것은 물론이고 거기 나와 손짓을 하는 모든 여인들에게 송구하고 계면쩍었다. 열심히 살아가는 삶의 현장을 나는 할 일 없이 배회하고 있다는 생각에 얼굴을 떨군다.

여인들은 여전히 손을 번쩍 들며 갈대의 몸짓처럼 흐느적거린다. 누구 한 사람 신경 쓰며 쳐다보는 이 없는데, 똑같은 손짓을 하고 또 한다. 스치는 꽃샘바람에 손끝이 시려도 멈추지 않는 여인들의 얼굴은 그것이 천직이기나 한 듯 천연스럽다.

아름다운 그림

봄눈이 분분히 흩날리던 날부터 아이의 기침이 시작되었다. 겨우 7개월 된 아이에게 꽃샘추위가 혹한보다 더 해를 입힌 것이 분명하다. 다음 날은 열이 치솟았다. 밤이 되자 호흡이 곤란하여 잠을 자지 못했다.

날이 밝자 아이 엄마와 나는 병원으로 달려갔다. 모세기관지염 이라는 생소한 병명을 말한다. 입원을 고려한 검진을 받는 동안 아이는 숨이 넘어갈 듯 울었다. 순간, 어미의 얼굴에 먹구름이 몰려든다. 금방이라도 소낙비가 쏟아져 내릴 것만 같다.

아침마다 나에게 아이를 안겨주고 무거운 발걸음으로 출근하는 며느리에게 나는 죄인이 된 기분이다. 제대로 돌보지 못하여 병이 났다고 원망하지는 않을까. 알 수 없는 조바심에 내 입술이 타들 어갔다. 병원 의자에 앉아 있는 시간이 백 년이 흐른 듯하다.

다행스럽게 입원은 면했다. 아이의 가슴에서 가래 끓는 소리가 갈근갈근 쇠를 긁는 소리이다. 그 소리가 내 숨까지 가쁘게 한다. 아기가 병원 출입을 하는 보름 동안 집안 식구들은 벙어리가 되었다. 근심 어린 얼굴빛을 숨기느라 서로 눈을 바로 보지 못하였다.

약병을 비우던 날이었다. 아이가 슥슥 배밀이를 했다. 태어나서 처음 보이는 재주였다. 그 한 계단 오르기 위해 어른들을 그처럼 놀라게 했던 모양이다. 봄 동산에 만개한 꽃에서 바람을 타고 향기가 집 안에까지 들어왔다. 녀석도 향기를 맡는지 고개를 쳐들고 코를 벌름거렸다.

배밀이를 시작한 후부터 아이는 날마다 달라졌다. 방에 뉘었는데 어느새 거실에 나와 있고, 서랍이라고 생긴 것은 모조리 열어젖힌다. 싱크대 문을 열고 들어가 제 장난감인 양 부엌칼을 꺼내기도 하여 내 간담을 서늘케 한다. 넘어지는지, 떨어지는지 가늠도 없이 무엇이든 짚고 일어선다. 안방을 치우고 나면 거실이 어지럽혀져 있고, 거실을 정리하고 나면 건넌방이 또 전쟁터나 다름없다.

잠든 녀석을 가만히 보고 있으면 가소롭기 짝이 없다. 손발이 단풍잎이다. 몸통은 제 베개만 하다. 바가지와 냄비를 뒤섞어 놓고 베란다 화분을 뒤엎어 놓고 천연덕스럽게 잠이 들었구나. 혼자 지껄이며 골리앗을 쓰러뜨린 소년 다윗 같은 아이의 위력을 실감한다.

손목이 시큰거린다. 어깨와 팔다리가 뼈근하다. 무릎은 녹슨 기계가 되어 앉고 일어설 때마다 우두둑 소리가 난다. 어쩌다 거울 앞을 지나칠 때면 거울에 비친 내가 낯설다. 아이와 씨름하면서 내 모습이 십 년은 더 늙어버렸다. 피곤하고 힘들어 싸매고 누워버리고 싶다. 그러나 내가 아이에게 어떤 존재인가. 배고픔을 해결해 주어야 하고, 재워 주어야 하고, 진자리 마른자리를 갈아 뉘여야 하는 절대자이다. 절대자가 약한 모습을 보이는 것은 있을 수 없는 일이다.

그런데 아이가 내게 부여한 것은 절대권뿐만이 아니다. 아이와 나의 싸움에서 언제나 패배의 잔을 마시게 한다. 아니, 처음부터 지고 들어가는 싸움을 한다. 자식을 이기는 부모는 없다. 자식의 자식이니 나는 무엇이든 아이가 하자는 대로 끌려간다. 등으로 돌아가 업어 달라면 말없이 포대기를 두르고, 팔 안에 감기면 안아 주고, 답답하다 칭얼대면 유모차를 태워 산책을 나가야 한다. 전생의 죄인이 이생에서 부모가 된다던가. 나는 아이에게 업이 있었던가 보다.

"시우야…" 현관문을 열면서 제 엄마의 목소리가 들린다. 아이의 눈이 불빛처럼 빛난다. 벌렁벌렁 기어가는 속도가 빠르다. 작은 팔로 엄마 목을 끌어안으며 눈웃음을 친다. 볼과 이마에 퍼붓는 뽀뽀 소리가 듣기 좋다.

참으로 아름다운 그림이다. 눈 안에 넣어 두고 가끔 열어 보고 싶은 그림이다. 세상에 흔히 있는 일인데 나 혼자만의 일인 양 귀하게 여겨지는 '모자 상봉'의 장면은 그들이 나의 가족이기 때문이다.

아름다운 그림은 내 머릿속에 오래도록 각인될 것이다. 아마도 목숨 다하는 날까지 없어지지 않는 영상이 되리라. 세상에 영원한 것은 없다. 그러나 나는 믿고 싶다. 가족이라는 훈훈한 이름은 영원히 아름다운 그림을 그리리라는 것을….

향수(鄉愁)

빼어난 산수를 자랑하는 설악과 물 맑기로 따를 곳이 없다는 동해가 포근히 감싸 안은 속초. 언제나 싸아한 가슴 저림으로 다가오는 고향이다. 분단의 아픔을 곱씹으며 살아가는 이산가족들이 많기 때문인지도 모른다. 그들은 숱한 한을 그리움으로 승화시키며 살아간다. 계절마다 새 옷을 갈아입는 산과 바다를 다 표현할 어휘를 아직은 내 머릿속에 마련하지 못하였다. 천혜의 운치를 고루 갖추었다고나 할까.

고향을 떠나고 싶었던 시절이 있었다. 어느 해였던가, 강한 태풍이 해일을 몰고 왔다. 학교에서 수업을 받던 여러 명의 친구들이 조퇴를 하고 집으로 갔다. 교실에 남은 아이들과 선생님들의 마음이 모두 바다에 가 있었다. 다음 날 슬픈 소식이 한두 가지가 아니었다. 아버지를 잃었다는 소식이 전해지는가 하면 행방불명된 가족들 때문에 속을 태우는 친구들도 있었다.

나는 언젠가 꼭 이곳을 떠나리라. 그 결심은 눈덩이처럼 커질 조건들을 자꾸 만나게 하였다. 소풍 때면 타박타박 걸어서 설악산에 가는 것이 너무나 힘겨웠다. 상급 학년이 되어도 변화 없는 소풍지도 싫었고, 큰 소리로 흐르는 계곡 물소리는 친구들과의 재미나는 이야기를 방해한다고 투정을 부렸다. 결정적으로 여기가 사람 살 곳이 아니라고 단정하게 된 것은 폭설 때문이었다. 천재지변에 속수무책이었던 당시로서는 대설주의보가 발령되면 교통 두절은 물론이요 학교를 쉬기 일쑤였다.

고향을 떠날 때의 일을 잊을 수 없다. 춘천에서 실시하는 취업 시험에 서류를 제출하고 시험 날짜를 기다리고 있었다. 눈이 내리기 시작하였다. 시험을 이틀 앞두고 기어코 교통편이 끊겼다. 진부령도 대관령도 언제 뚫릴지 알 수 없는 형편이 되었다.

다 자란 딸이 객지로 나가겠다고 하는 모양을 지켜보시던 부모님은 오히려 안도하는 빛이 역력했다. 그러나 나는 그냥 주저앉아 시험 날짜를 넘길 수는 없었다. 기차가 닿는 강릉까지 걸어서 가리라 마음을 정했다. 다행히 함께 시험을 치를 일행을 만났다. 중무장을 하는 딸을 보고 어머니는 아침상에 미역국을 올려 주셨다. 시험에 낙방하기를 바라는 어머니의 마음을 읽었지만 모른 체 먹었다.

낮에는 중간 중간 짐차를 얻어 타기도 하였지만 밤에는 꼬박 걸었다. 눈은 멎어 있었고 시리도록 추운 달빛이 은색의 산야를 어루만지고 있었다. 산기슭에서 부엉이 우는 소리가 우리의 발걸음을 더욱 재촉하였다. 200여 리의 눈길을 걸어 드디어 기차에 올랐다. 그리고도 12시간이 걸려 춘천행 버스를 갈아탔다. 시험 시간 몇 분을 남겨두고 겨우 시험장에 도착할 수 있었다.

합격의 기쁨은 그곳을 떠날 수 있다는 설렘으로 바뀌었다. 어느새 타향에서 보낸 햇수가 고향에서 지낸 햇수보다 더 많아졌다. 그런데 내 기억 속에는 고향에서의 생활만이 남아 있다. 고향을 떠나 온 후부터 지금까지의 일들은 황량한 벌판을 헤매 다닌 것 같기도 하고, 깊은 겨울잠 속에 빠져 있었던 것 같기도 하다.

내가 나가는 교회에는 할머니와 손자가 그림자처럼 붙어 다닌다. 아들 내외가 맞벌이를 하기 때문이다. 야외 예배가 있어 전 교우가 푸른 동산에 모여 게임을 하던 중 할머니의 노래 차례가 되었다. '나의 살던 고향은 꽃피는 산골 복숭아꽃 살구꽃…' 처음부터 울먹이던 노래는 끝을 맺지 못하였다. 그리고는 굵은 눈물이 주름진 얼굴을 덮었다. 손자 아이가 "할머니, 왜 그래? 왜 바보같이 울어?" 하더니 저도 울음을 터뜨렸다.

할머니의 고향이 개성이라는 말이 내 귀에 들어왔다. 그때 나는 할머니의 가슴속에 고여 있는 향수의 깊이를 상상하였다. 할머니의 눈물은 손자의 손을 잡고 고향 땅을 밟을 때까지 수시로 흐를 것이다. 나는 언제라도 마음만 먹으면 달려갈 수 있는 고향이라는 사실이 고맙고 감사했다.

나이가 들면서 부쩍 고향에 갈 구실을 찾는다. 옛날에 고향을 떠나고 싶어하던 조건들이 이제 생각하면 모두 나를 고향으로 끌

어 들이는 아름다움이다. 아직도 내 부모 형제들을 품에 안고 있
는 것도 내가 고향에 가고 싶은 이유이다. 어머니의 생신은 유난
히 단풍이 고운 계절이다. 불붙는 듯 물드는 설악의 단풍을 그려
보노라니 마음은 벌써 고향으로 달려간다.

달맞이꽃

차들이 가만히 숨죽이며 엎드렸다. 붉은 브레이크 등을 꽁무니에 매달고 간간이 움직일 뿐이다. 달빛 좋기로 으뜸인 중추절 밤이건만 구름 덮인 하늘이 야속하다. 차 속에 갇힌 채 먼 길을 가야 하는 사람도 생기를 잃었다.

"달이다!" 구름 사이로 살짝 빛을 드러내는 달님이 그리 반가울 수가 없다. 그 어느 때보다 성스러워 보이는 달님에게 소원을 빌면 곧 이루어질 것만 같다. 찻길 좀 뻥 뚫리게 빌어보고 싶다. 소원치고는 참으로 소박하다. 그런데 그 유치한 소원도 들어주기 어려운 상황이다. 좀처럼 차가 달릴 기미가 없다.

그러고 보니 어려서부터 많은 소원을 달님에게 빌었다. 너무 많았던 탓일까. 이루어진 것이 다섯 손가락 안에 들 정도다. 이제는 자신이 열심히 노력하지 않으면 어떤 꿈도 이룰 수 없다는 사실을 터득한 나이에 이르렀다. 그런데도 나는 매번 둥근 달을 보면 소원을 비는 듯 피어나는 달맞이꽃이 떠오르며 나도 무언가 빌고 싶어지는 마음이다.

시냇가 둑길이나 들판에 흔한 달맞이꽃을 볼 때마다 나는 어쩐지 마음이 아리다. 어떤 소원을 구하는 것인가. 허공을 향하여 줄기를 길게 늘이고 잎은 가늘며 잎 겨드랑이에 숨듯이 피어나는 꽃송이. 색깔도 진하지 못하고 노르무레하니 연하다. 빛깔도, 예쁘지 않은 꽃모양도, 달빛이 그리워 밤에만 피는 것도 자꾸만 서글픈 감정을 자극한다. 달을 사랑하는 영혼을 갖게 된 님프의 슬픈 신화 때문인지도 모른다.

달빛이 그리워 얼굴을 드는 그 밤에 시냇물 소리는 월광곡을 연주한다. 희고 선한 달빛이 강마을을 지나서 둑길을 스칠 때, 따스한 웃음을 짓기 위하여 동짓달 긴 밤을 납작하게 땅바닥에서 견딘다. 영원한 그리움을 위한 숙명을 숙연히 꽃잎에 안았다. 그리움이 닳고 닳아 차라리 투명한 꽃잎이 되었다. 자기 살을 깎아 빛을 내는 진주처럼 은은하다. 한낮의 열기를 서늘히 식히는 여름 밤에 수줍은 꽃잎은 달빛을 향한다. 비 내리는 밤, 마음 붙일 곳 없을 때 달맞이꽃 노란 잎은 빗물을 따라 바다로 흐른다.

기다림 없이 피는 꽃이 어디 있으랴. 이 세상 모든 꽃들은 기다림 끝에 망울을 밀어 올리며 기다림의 결실로 꽃을 피운다. 눈, 비에 젖으며 추위에 떨며 바람에 흔들려 생채기가 생겨도 기다림은 멈추지 않는다. 봄 여름 가을 겨울을 기다리고 1년, 2년, 10년을 기다린다. 일생에 한 번 꽃을 피우는 식물도 있다. 그윽한 향기, 아름다움, 고아함, 순결한 넋, 갖가지의 색으로 꽃들은 전설을 엮는다. 그러기에 깊은 산속에서 홀로 피고 지는 야생화도 저마다의 꽃말을 지녔다.

삶이 무거운 날이면 나는 꽃이 되고 싶다. 장미와 백합과 난의 미(美)와 향기(香氣)에는 좇을 수 없는 자신을 알기에 씨알을 토실하게 맺는 감자꽃이 좋았다. 도시에 살면서 도시의 세련됨에 익숙해지지 못하는 자신이 꼭 감자꽃처럼 느껴지기도 하였다. 내 유년의 기억 속, 시야에 가득히 들어오던 감자꽃은 세상에 그처럼 예쁜 꽃이 또 있으랴 싶었다.

이제 나는 그 어떤 꽃도 될 수 없고 오직 한 '사람'이어야 한다. 그런데 나는 '사람'으로 살아가는 이 삶이 아직도 어렵다. 왜 어려운 것인지 답을 할 수도 없으며, 어렵다고 거부할 수도 없는 것이 살아가는 일이 아니던가. 달맞이꽃의 숙명이 그리움인 것처럼 나도 그리운 대상 하나를 가슴에 품었다. 달님처럼 높고도 멀리 있는 수필, 그리워 잠 못 드는 밤에 살며시 그를 향한다.

한 여인의 간절한 기도이며, 보이는 '나'와 내면 깊숙이 숨어 있는 '나'와의 소통이며, 피 흐르는 상처의 위로이며, 토로치 못한 내 심중의 정한(情恨)을 받아 주는 그에게 나는 구원을 기대한다. 언제든 혼자만의 짝사랑이지만, 나는 그가 있어 흐뭇하다. 살아온 길도, 살아갈 길도 아득하지만, 그리운 가슴에 기대면 삶의 고단함이 잊혀지지 않을까.

이게 웬일인가, 도무지 열릴 것 같지 않던 길이 시원스럽게 뚫린다. 우리 차가 씽씽 달린다. 소원을 이루었다. 달님에게 소원 빌기를 잘했다. 중얼거리는 내 말을 들은 차 속의 가족들이 한 가지씩 자기 소원을 보름달을 향하여 말한다. 어른은 겉으로 말하지 못하지만 아이는 솔직하면서도 당당하게 외친다. 로봇 장난감을 갖게 해 달라는 귀여운 소리를 지르는 통에 우리는 모두 한바탕 웃었다.

진정으로 내가 원하는 내 마음의 소원, 앉으나 서나 자나 깨나 내 심중에서 떠나지 않는 기도, 이참에 나도 간절히 기원한다. 문리(文理)를 깨우치게 하소서. 유난히 밝은 달빛이다. 이 어두운 밤에 철 잃은 달맞이꽃이 망울을 터뜨린다.

내 안에 흐르는 강물

　새벽이 되도록 잠을 이룰 수 없어 애를 쓰다가 일어나 책을 폈다. 오래 전에 보고 덮어 두었던 책이었다. 첫 장을 넘기자, 거기 사진 한 장이 나를 기다리고 있었다.

　어머니가 포도 빛깔 블라우스를 입고 마루에 앉아 찍은 사진이다. 웃을 듯 말 듯 말끔히 나를 보시며 무슨 말씀을 하실 것만 같다.

　어머니…, 불러 보는데 가슴 밑바닥이 송곳에 찔리는 듯 아파온다. 사진을 가만히 가슴에 대어 본다. 아무리 애타게 불러도 들을 수 없는 곳에 계시는 어머니이기에 가슴 통증은 뼈마디로 전이된다.

　일곱 살쯤이었을까. 꽃무늬가 촘촘히 그려진 코고무신을 어머니가 사 주신 적이 있었다. 조그만 발에 신겨 주시며 환하게 웃으셨다. 좋아서 팔딱거리는 가슴으로 나는 그 신발을 신고 날았는지

뛰었는지 바닷가로 나갔다.

신을 벗어 모래를 담으면 모래알들이 구슬처럼 빛이 났다. 또 조개껍질과 함께 바닷물을 떠 담으면 신발 속이 작은 섬이 되었다. 그렇게 가지고 놀다가 그 예쁜 신발 한 짝이 파도에 쓸려 바다 속으로 들어가 버렸다. 동동 떠가는 신발을 잡겠다고 나도 푸른 물 속으로 들어갔다. 물길이 훌쩍 키를 넘었다. 나는 물 속에서 허우적거렸던 기억만 남아 있다.

동네 청년의 등에 업혀 들어온 나는 사흘 밤낮을 숨도 쉬지 않았다고 했다. 내가 눈을 떴을 때는 어머니의 품안이었다. 나는 그 자애로운 어머니의 품에서 눈을 뜨자마자 신발부터 찾았다. 신발 두 짝이 나란히 내 손에 쥐어지는 순간, 나는 또 깊은 잠에 빠져들었다.

젖먹이 때 엄마 품에서 떨어져 나와 외가에 맡겨졌으니 어머니의 마음에도 어린 딸을 향한 애절함이 오죽하였을까. 보고 싶은 딸아이 신발을 사 들고 친정 나들이를 하셨던 것이다. 그런데 신발 때문에 아이를 잃을 뻔하였다. 어머니는 차라리 당신의 목숨과 바꾸어서라도 어린 생명을 살려 달라고 기도하며 나를 안고 계셨을지도 모른다. 그 간절한 기원의 심정이 나에게 전하여졌음인지 그때 어머니의 품속은 아늑하고 포근한 요람이었다. 아니 아까시 향기 그윽한 숲속 같기도 하고, 백합 만발한 정원 같기도 하였다.

사춘기 무렵이었나 보다. 어머니에게 모진 소리를 많이 하였다. 아들과 딸을 차별하여 나를 외가에 보내지 않았느냐, 흙먼지 이는 신작로를 바라보며 날마다 어머니가 나를 데리러 오기를 기다리고 기다렸다, 열 손가락 깨물어 아프지 않은 손가락이 없다는 말도 거짓말 아니냐, 어머니에게 나는 분명 아프지 않은 손가락일 것이다, 심지어 친구들보다 내 키가 작은 것도 어머니 탓이라고 억지를 부렸다. 그때마다 어머니는 미안하다는 눈빛만 보낼 뿐 아무런 말씀도 하지 않으셨다.

유년의 나는 참으로 어머니를 그리워했다. 하루 종일 버스 길에 나가 서서 눈이 짓무르도록 어머니가 버스에서 내리시기를 기다렸다. 외할머니에게 꾸중을 듣고 눈물 흘리며 돌아서던 수많은 날들을 떠올리면 어머니가 보고 싶었던 마음이 돌변하여 그만큼 더 미웠다. 아마도 반항심이 키보다 컸기 때문일 것이다.

어머니의 연세 팔십 즈음이었다. 치매가 소리 없이 어머니를 덮쳤다. 그 병이 든 다음부터는 어린아이로 돌아가 나를 그리워하셨다. 전화통을 붙잡고 "언제 올 거야? 빨리 와!" 하고 성화를 부리셨다.

우리 일곱 남매는 어머니 면전에서 다툼만 벌였다. 누가 어머니를 보살필 것인지, 잘 모시느니, 못 모시느니. 누구 한 자식 어머니의 외로움을 느끼지 못하였다.

"천국이 왜 이리도 멀기만 하냐…" 어머니는 어쩌다 맑은 정신이 들 때 먼 하늘을 바라보며 그렇게 중얼거리곤 하셨다. 그리고 땅이 꺼질 듯 한숨을 쉬셨다.

봄 햇살에 나뭇잎이 싱그럽게 푸르던 오월의 어느 날, 어머니는 멀기만 한 천국으로 떠나셨다. 눈을 감기 전날 내가 어머니 다리를 만져 보았다. 녹슨 선로 같았다. 뼈마디가 앙상한 두 다리가 먼 길 떠날 채비를 하느라 딱딱하게 굳어가고 있었다.

어머니가 떠나신 이후 나의 가슴에는 강물이 흐른다. 그리움의 강물이다. 내가 어머니에게로 갈 수 없고, 어머니가 나에게로 올 수 없는 그리움의 강물. 들판을 흐르는 모든 강물은 바다로 흐른다. 그리고 내 가슴에 흐르는 강물은 어머니가 계신 곳으로 쉬임 없이 흐른다. 어머니께로 가자고, 어서 가자고.

제 2 부

감자꽃

백합처럼 향기롭지도 못하고, 청초한 난초의 기품에도 비할 수 없고, 장미만
큼 아름답다는 말은 더욱 어울리지 않는 감자꽃. 작은 키에 진한
시골티가 배어 있는 너희들 어미 모습이 감자꽃과 닮았다고 말해 주었
다. 그러나 뿌리에 자식처럼 우르르 매달린 감자가 어린 시절 가장 손쉽게 허기
진 배를 채울 수 있는 식량이었다고는 말하지 않았다.

바다

집채 같은 파도가 당장이라도 마을을 쓸어버릴 기세다. 하늘은 낮게 내려앉았다. 쏟아져 내리는 빗줄기도 마당의 흙을 파헤치고, 바람은 지붕을 들어 올리겠다는 심산이다.

방 안에 모여든 사람들의 한숨 소리가 파도 못지않게 높다. 어린 가슴은 영문을 알지 못한 채 가슴이 콩닥거린다.

이틀 후, 바다는 무슨 일이 있었느냐는 듯 시침 떼며 호연(浩然)했다. 넉넉한 물결을 넘실거릴 뿐 근엄하기만 하다. 그러나 마을 안에 파도가 술렁거렸다. 옆집 키다리 아재가 바다에서 돌아오지 못했다. 눈만 뜨면 함께 놀던 동무의 아버지도, 길 건너 곱슬머리 아저씨도….

어른들의 아우성을 들으며 아이들은 모랫벌로 달려 나갔다. 큰 파도 후에 만날 수 있는 횡재를 놓칠 수 없었다. 팔뚝만큼 커다란 물고기가 모래 위에 푸른 등을 보이며 누워 있는 걸 발견하는 기쁨, 하늘에서 떨어진 금덩이를 줍는 것처럼 즐거웠다. 무엇을 얻고 무엇을 잃었는지 분별이 없던 시절이었다.

참으로 오랜만에 고향에 가는 길이다. 천안에서 강릉까지는 직행버스를 탔다. 그러나 강릉에서 속초까지는 완행버스가 제격이다. 내 마음을 잘 아는 버스가 포구마다 정차한다. 타고 내리는 사람들이 모두 낯설지 않다. 해변도로를 달리는 차창 밖으로 보이는 바다 풍경이 그리운 어머니를 만나는 것처럼 반갑다.

북쪽으로 곧게 뻗은 도로를 달리다 보면 38선 휴게소가 나온다. 크고 작은 자동차들과 그 차를 타고 온 사람들로 휴게소는 북적거린다. 둥근 유리벽으로 둘러싸인 건물 안에서 사람들은 바다를 본다. 조금이라도 더 가깝게 바다를 보고 싶은 그들이 유리벽을 밀쳐낼 것 같다.

파도가 유리벽 너머에서 물보라를 일으킨다. 몇 사람은 부두로 내려가 방파제를 넘는다. 물결에 발을 넣었다가 뒤로 물러난다. 그러면서 매우 유쾌한 모양이다. 유리벽 안에서 바다를 조용히 지켜보는 사람들 중에는 깊은 생각에 잠겨 있는 모습도 보인다. 수평선, 한가로워 보이는 고깃배, 흰 파도, 그 몇 가지 낭만적인 상징만으로도 바다는 사람의 마음을 끌어들이는 신비함을 지녔다.

건물 왼쪽으로 옹기종기 자리 잡은 마을. 그 마을 가운데쯤 외갓집이 있었다. 외할머니는 내가 젖이 떨어졌을 때부터 나를 키우셨다. 동생을 일찍 보았기 때문이었다. 아담했던 토담집은 간데 없고 번듯한 양옥이 의젓하다. 횟집이 즐비한 곳은 옛날 코흘리개들의 놀이터였다. 갈매기 소리와 함께 소꿉놀이를 하던 아이들 중에는 어부의 아내로, 혹은 그 자신이 어부가 되어 그곳에서 살며 늙어 있을 것이다.

해당화가 곱게 피던 모래 언덕은 간 곳이 없다. 감자밭 머리를 휘돌아 흐르던 시냇물도 어디론가 물줄기를 바꾸었다. 물새 발자국이 선명했던 갯벌에서 아이들은 새처럼 종종거렸다. 포르르 날아가는 물새를 좇아 푸드득 날갯짓하며 바다 위를 날고 싶은 꿈을 품었다.

초등학교 입학을 앞두고 나는 외가를 떠났다. 상급 학교에 올라가 방학을 맞으면 외가를 찾았다. 예전과 다름없이 마을 사람들은 그물을 손질하고 배를 띄우며 살고 있었다. 그때마다 나는 일곱 살 때의 무서웠던 기억이 자꾸만 떠올랐다. 왜 저들은 험악한 바다를 떠나지 않는지 많이 궁금했다.

밤이 되면 파도 소리가 바로 담 밑에서 철썩거렸다. 셀 수 없는 생명들을 품고 생멸시키느라 밤에도 잠들지 않는 바다. 광명한 낮보다 밤에 생명력이 더 왕성해지는 곳이 바다라는 생각이 든 것은, 어둠을 가르며 출어한 고깃배들이 집어등을 밝힌 수평선이 또 하나의 도시인 것처럼 휘황했기 때문이다.

고향을 떠나 바다와 거리가 먼 내륙 생활을 한 지 40년이다. 그런데도 나는 자주 파도 소리를 듣는다. 자동차들이 질주하는 도로에서 '쏴, 쏴' 하는 파도 소리를 듣는 것이다. 비가 내리는 날이면 더 정확히 '철썩, 쏴' 파도가 밀려가고 밀려온다. 그러니까 일상이 파도 속에서 떠나지 못한다. 삶의 바다, 그곳에도 어김없이 태풍이 있고 해일이 있다. 나는 때때로 표류하는 배가 되어 어디로 가야 하나, 무엇을 해야 하나 방황을 한다.

이순(耳順)의 나이에 들어서일까. 바다를 떠나지 않는 사람들이 조금은 이해가 된다. 파도 소리를 들으며 생명이 잉태되어 해풍에 시달리며 잔뼈가 자란 그들에게 바다는 생(生)의 근원이다. 그리고 조상들을 떠나보낸 본향이다. 농부가 흙에 일생을 걸고 애정을 쏟듯이 어부가 바다에 애착을 갖는 것은 그곳이 영원한 고향이기 때문이다. 굳건한 땅 위에 발을 딛듯 망망한 대해에 배를 띄우고 바다가 내어주는 만큼 자족하는 뱃사람들이다. 그들에게 바다는 만선을 꿈꾸게 하는 희망의 장소이며, 거침없이 뱃길을 놓는 자유의 공간이다.

내가 타고 갈 버스에서 출발 신호를 한다. 비릿한 냄새를 싣고 바다 옆을 달리는 버스가 꼭 배처럼 느껴진다. 바다가 육지이고 육지가 바다인 채로 나는 한 마리의 물고기라는 착각이 온다. 먼 바다를 유영하다가 모천을 찾는 연어처럼 나도 고향 바다에 돌아온 것이다. 푸근했던 외할머니의 품속처럼 잠이 쏟아진다.

자매들의 추억

세 여인이 배낭을 짊어졌다. 육십을 훌쩍 넘긴 언니와 환갑을 앞두고 있는 나, 나보다 두 살 아래인 동생. 젊지 않은 여인들의 마음이 봄바람에 두둥실 부풀어 올라 일상 탈출을 결행하였다. 신록이 이끄는 대로 몸을 맡겼다.

화개 골짜기에 발을 들여놓자 녹차 향이 먼저 우리를 반긴다. 녹차 밭으로 덮인 산, 산 사이 낮은 골짜기로 흐르는 물 속에도 초록빛이 잠겼다. 이맘때면 어느 집이건 녹차 인심이 후한 것도 화개 골짜기의 매력이다. 산뜻한 산바람과 계곡에서 올라오는 청량한 물바람이 가슴으로 안겨 온다. 도시의 복잡한 생각들은 저 아래 섬진강 속으로 줄행랑을 친다.

'귀향 다원'에서 배낭을 풀었다. 다원은 지리산 한 자락을 차지하고 앉았다. 쑥차, 녹차, 대잎차, 솔잎차, 갖은 차향이 집 안에도 집 밖에도 가득하다.

다실로 안내되었다. 다탁 위에 소엽 풍란이 날아오를 듯이 꽃을 피웠다. 황토 벽에 한지를 바르고 그 위에 시구와 묵화가 옛 정취를 돋운다. 어디서 읽은 듯한, 누군가에게서 들어 본 것 같은 느낌은 아마도 내 속에서도 비슷한 시감이 우러나기 때문이 아닐까. 햇차의 향기와 주인의 몸에 배인 산사람만의 멋과 산속의 고즈넉함. 오래도록 기억 속에 두고픈 풍경이다.

밤이 깊어서야 잠자리에 들었다. 철철철 흘러가는 물소리 때문에 쉽게 잠이 들지 않는다. 얼마 만에 한 이불 속에 발을 모으는 것인지 우리 셋의 감회가 깊다. 어린 시절부터 출가하기 전까지 세 자매는 언제나 한 이불 속에서 잠이 들었다.

가랑잎 구르는 것을 보고도 웃음을 참지 못하는 때였으니 날마다 수다를 떨다가 웃음보가 터지면 이불이 들썩거리고 문밖에까지 깔깔거리는 소리가 새어 나갔다. 급기야 아버지의 불호령이 떨어지고 하나씩 이름이 불리워 아버지 앞에 무릎을 꿇어야 했었다. 조용히 잠을 자겠다고 다짐을 하고 방으로 돌아와서는 또다시 이불을 쓰고 킥킥거렸다.

동생은 흉내쟁이이다. 옆집 아주머니의 함경도 사투리를 시작으로 교회 목사님의 설교 버릇도 흉내 내었다. 아버지의 야단치는 모습도 예외가 아니었다. 나를 제 앞에 꿇어앉혀 놓고 호통을 쳤다. 한밤중에 계집아이들 웃음소리가 담을 넘으니 동네에 창피한 노릇 아니냐! 얌전한 언니와 새침데기인 나였지만 동생의 코미디에는 눈물을 훔쳐가며 웃을 수밖에 없었다.

눈바람이 씽씽 지붕을 넘고 문틈을 비집고 들어와도 그 밤이 짧기만 하였다. 새벽녘 살포시 어머니의 방문이 열리는 소리를 듣는다. 교회의 새벽 종소리가 댕댕거린 뒤였다. 어두운 길을 더듬어 교회로 가신 어머니의 기도 소리가 들리는 것 같아 숙연해져서 "그만 자자." 하고 잠을 청하기도 했다.

우리들이라고 어찌 웃음꽃 피는 일만 있었겠는가. 티격태격 싸우는 적도 많았다. 나보다 체격이 크고 활달한 동생은 언제나 나를 이기려 들었다. 빨래와 청소하는 일에서 요리조리 핑계를 대며 빤질거리는 내가 얄밉기도 하였으리라.

언니는 그런 둘 사이를 넉넉하게 덮어주는 뚜껑이었다. 나를 다독이고 동생은 어르며 집안 살림까지 도맡아 했다. 원래부터 맏딸은 그릇이 큰 법인 양 남동생들의 말썽까지 다 끌어안는 언니에게 '천사표'라는 별명을 붙여 주었다.

문 밖에서 들리는 시냇물 소리는 여전히 철철거린다. 무엇이 그리도 바쁜지, 어디로 그렇게도 빨리 가야만 하는지. 흐르는 물소리가 숨이 가쁘다. 내일은 지리산 노고단에 오를 예정이다. 나잇살로 육중해진 몸으로 배낭을 지고 산을 오르려면 오늘 단잠을 자야 한다. 옆의 언니와 동생도 돌아눕는다. 잠이 쉬 들지 않는 모양이다.

처마 끝에 매달린 풍경소리가 가늘게 들려온다. 하룻밤쯤 설친다 해도 저 처마 끝 풍경소리가 내일 아침 거뜬히 나를 일으켜 세울 것 같다. 이번 여행으로 우리의 추억거리가 더 풍성해질 것을 생각하니 입이 벙긋해진다.

자매들은 날마다 통화를 하며 추억을 곱씹는다. 삶이 고단하게 느껴질 때나 경사가 생겨 기쁠 때에도 지난날의 이불 속 이야기를 시작으로 수다를 늘어놓는다. 이제 여행 이야기가 추가될 것이다. 슬프고 아픈 일은 나누고, 기쁘고 행복한 일을 함께 누리는 데에 우리의 추억이 담당하는 몫이 크다.

동생과 언니 사이에 누운 내가 복이 많다는 생각이 든다. 위에서 덮어 주고 밑에서 받쳐 주니 나는 비 맞을 걱정이 없고, 물 젖을 염려가 없지 않은가. 추억의 밤이 깊어 간다. 돌아눕는 귓가에 새벽닭 우는 소리가 정겹다.

날씨 이야기

마침내 그와 내가 마주 앉았다. 물 한 모금 길게 마시고 "오늘 날씨는 어쩌면 내 인생과 꼭 닮았어요." 그렇게 말하면서 그가 안경 속으로 손수건을 들이밀었다.

그와의 만남이 얼마만인가. 참으로 오랫동안 우리는 만나고 싶어하면서도 차일피일 미루기만 했다. 내가 손자를 돌보고 있으니 누구와 호젓한 시간을 갖기가 어렵다. 게다가 그는 구미에, 나는 천안에 살고 있다.

자동차를 운전하여 그가 경부 고속도로를 달려왔다. 오면서 겪은 날씨 이야기가 시작되었다. 구미에서 천안까지, 세 시간이면 충분하겠다고 예상하였다. 출발할 때의 하늘은 맑았다. 아니 햇살이 너무 뜨거워 피하듯 그 도시를 빠져나왔다.

한 시간쯤 달렸을까. 그때부터 변덕스러운 기운이 감돌았다. 하늘에 검은 구름이 오락가락하더니 차창 밖으로 하늘이 내려앉았다. 안경 너머로 보아야 하는 시력이 흐려지고 허리가 아파 보호대를 두른 몸의 움직임도 자꾸만 불편했다.

뒤에 오는 차들에게는 미안하였지만 거북이속도를 냈다. 옆 차선으로 씽 하고 빠져나가는 차 안에서 손가락질을 했다. 안개가 몰려들어 차창에 차곡차곡 내려앉으며 시야를 막는다. 설상가상 도로는 온통 공사 중이다. 핸들을 바짝 틀어쥐었다. 살얼음판이 따로 없다. 엉금엉금 기어서 안개 구간을 빠지는가 싶었는데 다음은 또 빗길이다. 천둥과 번개가 쾅쾅 번쩍 으름장을 놓아 머리끝이 쭈뼛하다.

황간휴게소에 들렀다. 시간은 벌써 도착하고도 남을 만큼 지났다. '점심을 먹으며 비를 피해 보아야겠습니다.' 천안으로 문자 메시지를 전송했다. 휴게소가 사람들로 북새통이다. 국수 한 그릇을 맛의 분간도 없이 비우고 커피를 뽑아 들었다.

빗줄기는 더욱 굵어졌다. 바람까지 합세하여 비바람의 기세가 들고 있는 종이컵을 날려버릴 것 같다. 이대로 길을 갈 것인가. 잠시 갈등이 왔다. 되돌아가기엔 달려온 시간과 노고가 아깝다. 무엇보다 보고 싶은 사람이었기에 가야겠다는 마음이 앞섰다.

다시 차에 올랐다. 빗물이 흡사 물을 퍼붓는 것처럼 차창에 쏟아진다. 여름 날씨가 아무리 변덕이 심하다지만 오늘 같은 날씨는 처음 겪는다. 뜨겁도록 맑은 태양, 구름과 안개, 천둥과 번개. 하늘이 연출할 수 있는 온갖 변화를 단 세 시간 동안 경험하고 있다.

내가 무얼 잘못했을까. 문득 하늘을 향하여 고해라도 하고 싶은 심정이 된다. 그리고 부모님 밑에서 아무 걱정 없이 살던 어린 시절이 환한 햇살처럼 밝게 떠오른다. 지금은 어떤가. 안개가 잔뜩 낀 것처럼 아무것도 정확히 보이지 않는 현실이다. 하늘의 뜻을 알만한 나이임에도 나는 허둥거리고 있다. 어디서부터 잘못된 것일까. 생각하면 할수록 미로 속으로 더 깊이 들어가는 것 같다.

그런데 조금씩 시야가 밝아졌다. 검은 구름이 먼 하늘로 밀려간다. 흐릿한 천안의 하늘에서는 한두 방울씩 비가 떨어졌다. 반가운 사람과 손을 잡았다.

그날 그녀는 집으로 돌아가는 데 실패했다. 내 집을 나서기는 하였지만 쏟아지는 장대비 속을 뚫고 밤길을 운전하기 어려워 차를 돌릴 수밖에 없었다. 험한 날씨 덕분에 생각지도 못한 긴 시간이 우리에게 허락되었다.

7월 한 달 동안 날마다 비가 내렸다. 빗물을 생명수로 살아가는 나무들까지도 퉁퉁 불어터진 몸통으로 원망스럽게 하늘을 바라보았다. 집안 구석구석이 습기로 눅눅하고 끈적거렸다.

8월에 접어들면서 햇빛을 보여주는가 싶더니 이번에는 또 중순이 넘도록 땡볕이다. 아파트 뒤편 공터에서 농사를 짓는 사람들이 울상이다. 물을 집에서 퍼 나르며 연신 하늘을 본다. 소나기 한 줄기라도 지나가기를 간절히 원한다.

마냥 화창한 날씨가 계속되는 것도 일종의 형벌인 것이다. 생태계를 위해서는 태풍도 필요하고 눈사태도 필요하다. 삶 속에도 좋은 일만 있다면 사는 맛이 없을 것이다. 구미의 친구도, 나도 안개 속의 현실을 지나노라면 햇살 밝은 날도 만나리라. 열대와 한대, 모두 적응하며 사람들은 살아간다. 그래서 지구촌이 신비롭고 아름다운 것은 아닐까.

겨울이 오는 길목에서

고향을 찾았다. 일 년이면 두어 번 손님으로 다녀가는 발걸음이다. 하늘에 구름이 한가롭고 설악산 대청봉은 벌써 하얗게 백설이 덮였다. 단풍이 아직도 천불동 계곡을 달려 내려오고 있는데 산꼭대기는 어느새 겨울의 전령을 맞아들이고 있다.

나는 어느 지방보다 겨울이 긴 것이 싫었다. 유년기부터 고향을 떠나고 싶었던 이유였다. 두툼한 옷이나 따뜻한 신발도 없었다. 추위도 심하였지만 걸핏하면 눈 때문에 길이 막히는 것도 답답하였다.

영(嶺)을 넘으면 세상이 다르리라고 믿었다. 그것은 어쩌면 무지개를 잡으려는 소녀의 감상이었으리라. 그런데 감상이 실천으로 이어졌다. 고향을 뒤로한 후 방황은 지금도 진행 중이다. 서울에서, 경기도를 거쳐 충청도에 머무르고 있다.

높은 산과 넓은 바다는 세월이 비껴 간다. 언제 보아도 산과 바다는 어릴 적에 보았던 형상 그대로 시간을 흘려보낼 뿐이다. 위엄으로 솟아오른 산의 봉우리마다 계절의 옷을 갈아입고, 바다 물빛은 계절을 따라 또 제 색깔을 낸다. 그 변하지 않는 순환을 바라보며 사는 사람들만 세월에 닳아간다.

어시장 한 모퉁이 횟집 할머니는 내가 어릴 적에 곱디고운 새댁 이었다. 항상 물젖은 생선을 만지는 그의 손이 퉁퉁 불었다. 물에 서 손을 건질 날이 없으니 그리 되었을 것이다. 고향을 지키며 사는 그분에게 나는 고마운 인사로 회 한 접시를 시킨다.

고향을 떠난 이후 웬일인지 동생들도 하나 둘 나를 따랐다. 나 이 드신 부모님은 또 자식과 끈이 되어 고향을 떠나셨다. 송이버 섯 한 접시만 볶아도 온 집안에 솔향기가 배어나고 겨울동안 처마 끝에 걸려 있던 북어 두름을 이야기하시면서 고향을 그리워하셨 다. '가야지….' 뜬금없이 되뇌던 평소의 말씀이 이루어진 건 운명 하신 다음이었다. 설악의 단풍이 불타는 계절이었다. 아름다운 산하가 아버지를 안아들일 때, 멀리 바다 끝에선 바람이 머뭇거렸 다.

아버지의 귀향 이후 2년 만에 어머니도 아버지 옆에 누우셨다. 아버지가 그리워서인지, 고향이 그리우셨는지 알 수는 없다. 아 마도 양쪽 모두일 것이다. 어머니까지 고향으로 모시고 나서 객지 에 사는 형제들은 모일 때마다 우리도 고향에 가서 살자고 입을 모은다. 그런데 그게 말처럼 쉽지 않다.

무지개를 잡겠노라 산을 넘고 바다를 건너던 작은 소녀는 철새처럼 가끔 고향을 찾는다. 마침 가을이 깊었다. 바다 물빛이 벌써 쪽을 풀어 놓은 듯 잉크 빛이다. 물빛이 먼저 추워지기 시작하여 곧 산과 들은 온통 백설 속에 갇힐 것이다.

벌써 산의 정상에는 눈이 덮였다. 저 산은 인고의 산이다. 내년 오뉴월까지 덮이고 쌓이는 빙설을 묵묵히 받아들이며 견디어 낸다. 몇 백 년, 몇 천 년이 아니라 억겁의 세월을 그렇게 변하지 않고 지내왔다. 그 부동의 모습에서 사람들은 장엄한 신비를 느낀다.

고향을 지키며 사는 사람들의 얼굴도 산의 우직함을 닮았다. 고향에 살고 있는 오빠와 언니, 그리고 옛 친구들의 투박하고 수수한 말투와 소박한 웃음이 산을 닮아 꾸밈이 없다. 아니, 바다를 닮아 맑기만 하다. 세상 물정 모르고 유아적 방랑기를 이겨내지 못한 나와는 사뭇 다른 사람들이다. 어딘지 주눅이 들고 어쩐지 어색해 보이는 나의 얼굴은 오랜 타향살이의 흔적이 아닐까.

생각을 따라 움직이는 발길이 영랑호에 섰다. 맑은 호수가 하늘을 받아 안았다. 물속에 구름이 흐른다. 옹기종기 단란한 가족처럼 모여서 어디론가 흘러가는 흰 구름이다. 잔잔한 물속에 잠긴 것이 하늘뿐이랴. 웅장한 산도, 거대한 울산바위도 호수 안에 잠겼다. 불타는 단풍의 산 빛이 찬란함에 지쳐 쓸쓸하다.

깊은 가을은 조락의 계절이며 겨울이 오는 길목이다. 고향의 긴 겨울을 생각하면 그 추위에 바다에 나가는 뱃사람들이 떠오른다. 그 지역에는 이북 어딘가에 고향을 두고 피란 내려와 정을 붙이고 살던 사람들이 많았다. 그들이 얼마나 외로웠을지 이제야 조금씩 헤아려진다.

사람들은 누구에게나 돌아가고 싶은 곳이 있다. 고향이 그런 곳이 아닐까. 돌아가고 싶은 곳에는 가슴속에 담아둔 사람도 있을 것이다. 평생을 두고 그리워만 하는 사람. 절절히 눈물겨운 사연을 안고 살아온 사람들이 있어 고향의 바다 빛은 언제 보아도 애달프게 푸르다.

나도 이제 쓸쓸해지는 연령에 이르렀다. 그래서일까, 고향에서 살고 싶고, 고향을 지키며 사는 사람들이 부럽다. 고향이 나를 받아 줄까. 산바람이 휙 호심(湖心)을 흔들고 지나간다.

오래된 모임

　육십 평생을 사는 동안 여러 모임의 구성원이 되었다. 연령이나 모임의 성격에 따라 분위기는 많이 달랐다. 목적이 분명한 모임이 있는가 하면, 그저 만남이 좋아서 모이는 경우도 있고, 아이들이 매개가 되어 엄마들이 모임을 만든 적도 있다.

　어렸을 적에는 교회 주일학교 동년배들이 자주 만났다. 에스더, 한나, 성경 속의 이름이 좋아 그 이름을 붙인 모임이었다. 맑게 웃는 무리의 모습으로 떠오르는 기억일 뿐, 아이들의 얼굴이나 이름은 잊었다.

　여고 동창회를 빠뜨릴 수 없다. 모임을 갖는 시간만은 갈래머리 소녀로 돌아가 현실을 잊었다. 한 모금 마시면 십 년이 젊어지는 샘물을 너무 많이 마셔 어린아이로 변했다는 옛이야기가 있다. 동창회는 그런 추억이 끝없이 솟아나는 샘물이었다. 그 샘물을 마시고 며칠간은 소녀 시절에서 벗어나지 못하여 애를 먹었다.

달마다 꼭 참석하다 두어 달 건너뛰었다. 반 년이 못 가 일 년에 한 번 얼굴을 내밀었다. 지금은 그마저도 뚝 끊어졌다. 모임이 아직 건재한지 소식조차 듣지 못한 지 오래되었다. 빈번한 이사와 함께 내가 여러 가지 상황을 잘 소화하지 못하는 폭이 좁은 사람 이어서인지 자연스럽게 모임에서 도태되었다. 옛 친구들이 어찌 살고 있는지 궁금할 때가 많다.

청년기에는 무엇을 하자는 모임이 있었다. 타인에게 도움이 되 어보고 싶은 생각을 품은 사람들이 모였다. 목적은 분명한데 실천 이 어려웠다. 순수한 뜻이 행동하는 과정에서 시행착오가 생기고 초심이 빛을 잃어갔다. 시시비비에 얼굴까지 붉히다가 각자 실망 을 안고 흩어졌다.

부부 동반 모임이 재미있었다. 남편 친구들이 모두 가정을 이룬 후부터 연중 행사로 꼭 부부가 함께 참석했다. 코 흘릴 때부터 한 마을에서 자라고 학교도 같이 다닌 사람들이었다. 얼굴을 대하 기만 하면 저절로 유쾌한 웃음이 터지고, 사회의 지위나 이해 타 산 같은 것은 끼어들 틈이 없는 남정네들의 정이 아내들의 서먹한 관계를 해소해 주었다. 경치 좋은 곳을 찾아, 맛있는 음식이 있는 곳을 수소문하여 반갑게 만나던 그 모임도 사는 일에 쫓겨 흐지부 지 없어져버렸다.

이렇게 바쁘고, 저렇게 분주한 생활 속에서도 스무 해 동안 지 속해 온 모임이 있어 나는 늘 그날을 기다린다. 매달 마지막 금요 일에 만난다고 모임 이름이 '막금회'이다.

우리의 모임은 우연도 아니고 필연도 아니다. 문화센터 수필반이 우리를 모이게 하였다. 각기 다른 시기에 입문하였지만 마음에서 글을 쓰고 싶은 생각을 지워버릴 수 없는 우리들은 그 무엇으로도 해체할 수 없는 결속력이 생겼다.

우리 모임의 구심점은 언제나 수필이다. 좋은 수필을 읽고, 수필다운 수필을 쓰고 싶은 가슴앓이로 모임은 늘 진지하다. 그러다 보니 그 모임의 구성원인 네 사람은 아직도 소녀티를 벗지 못했다. 별스럽지도 않은 이야기에 까르르 웃고, 눈 내리는 날이면 하염없이 감상에 젖으며, 낙엽 지는 들녘에서 눈물을 훔치기도 한다.

풋풋한 나이에 만나서 흰머리 성성해질 때까지 서로의 모습을 지켜보았다. 한 사람, 한 사람 떠올려보면 그들에게선 묘한 향기가 난다. 인공으로 만들어진 향수가 아닌 그들 내면에서 풍기는 깊은 향이다. 가슴 안에 정(情)을 품고 내색하지 못하는 그런 향기이다. 소나무 우거진 숲속에 들어서는 느낌, 시냇물 흐르는 냇가에 서 있는 기분, 모임이 있을 때마다 나는 마냥 즐겁다.

우리 모임도 몇 번인가 해체될 뻔한 위기도 있었다. 서로 너무 멀리 떨어져 살아서, 오해가 생겨서, 사는 일이 바빠서. 그러나 어떤 핑계를 찾아서라도 우리는 다시 모였다. 우리 중 한 사람이라도 결석이 생기면 모임이 어려워질 것이라 염려하며 애면글면 참석한다. 좀처럼 결원이 없는 이유이다.

이 세상 누구에게도 훈훈한 인정으로 다가가지 못한 나에게 그

처럼 융숭한 느낌의 사람들이 내 옆에 있다는 사실은 커다란 행운이다. 우람한 나무처럼 삶을 의연히 살아오신 원로 수필 선생님이 계시고, 각자의 향기를 은은히 발산하는 벗들이 있으니 그 모임에 가기만 하면 살아가는 맛을 느낀다.

안양 하늘을 바라보며 자주 날짜를 헤아린다. 아직도 초순경, 마지막 금요일이 아득하다. 오래 된 모임은 그 스쳐간 세월만큼 정(情)의 탑을 가슴에 쌓아 올렸다. 그 탑은 다보탑이나 석가탑처럼 귀하다. 바라볼 때마다 무수한 이야기가 떠오르는 내 가슴속의 보배이기 때문이다. 달포에 한 번, 나는 행복한 마음을 안고 안양으로 달려간다.

노인과 낙엽

새벽바람이 싸아하다. 날마다 더 차가워지는 날씨 때문에 새벽에 운동장을 걷는 사람들의 수효가 줄어든다. 두런거리는 말소리가 들리던 며칠 전과는 사뭇 다르다. 비오는 날 쉬고, 몸이 무거워서 건너뛰고, 외출하는 날이고. 이런저런 핑계로 나도 일주일 만에 운동장에 나왔다.

운동장을 도는 사람들의 자세는 모두 다르다. 앞뒤로 흔드는 사람이 있는가 하면, 사방으로 휘두르며 걷는 사람도 있다. 허리가 구부정한 사람, 다리를 조금씩 절룩거리는 사람, 뛰는 사람, 체조를 하는 사람. 나름대로 건강한 몸과 맑은 정신을 유지하려는 모습이 공부에 열중하는 학생들 못지않게 진지하다.

할아버지 한 분이 나보다 한참 앞서 걷고 있었다. 느릿한 걸음에 허리도 구부정하였다. 운동장 모퉁이 단풍나무 아래를 지날 때, 내가 노인을 앞지르려는 순간이었다. 노인이 갑자기 걸음을 멈추었다. 그리고는 굽어진 허리를 내리며 단풍잎을 집어 들었다. 막 떠오르는 햇살이 노인의 모습을 서치라이트를 비추듯 오버랩 시켰다. 싸한 아침 바람에 흩날리는 흰 머리카락과 붉은 단풍잎의 조화가 영화 속 한 장면처럼 감동을 주었다. 나는 손에 카메라가 없는 것이 서운하였다.

문득 글 모임에서 보았던 선생님 얼굴이 떠올랐다. 수첩을 이리 저리 뒤적이다가 꺼내어 보여 주시던 나뭇잎도 선홍색 단풍이었 다. 세상의 무엇보다도 귀하다는 듯 다시 수첩 속에 넣으시던 수 필 선생님의 모습이 노인의 모습 위로 겹쳐지며 가슴이 울먹하다.

노인은 천천히 운동장을 나가고 있었다. 나는 한 바퀴 돌아 다 시 단풍나무 아래에 다다랐을 때 걸음을 멈추고 낙엽을 줍기 시작 하였다.

반쯤 붉고 반쯤 노란 색 잎사귀가 먼저 손에 잡힌다. 내 연령이 그쯤 되어서일까. 구멍이 숭숭 뚫린 단풍잎도 색다른 멋이다. 붉 다가 지쳐 자주색으로 착색된 잎에서는 금세 빨간 물이 떨어질 것만 같다.

흙은 영원한 우주의 품안에 있다. 나무는 그 품안에서 천년을 살고, 그 이상을 살 수도 있다. 그러나 나뭇잎은 일 년을 살지 못하는 한살이를 하고 흙 속에 묻힌다. 짧은 생이기에 꽃처럼 예 쁘게 돋아나고 꽃보다 곱게 스러지는 숙명이 주어진 것일까. 일출 과 일몰이 똑같이 장엄한 것처럼 나뭇잎의 나고 스러짐도 색깔의 차이일 뿐 똑같이 아름답다.

나는 색색의 단풍잎 위로 주변의 사람들을 떠올려 보았다. 저마다의 멋이 각각의 색을 지녔다. 경험과 학식으로 축적된 지혜, 성공과 실패를 거듭하면서 터득한 깨달음, 고난과 희열의 반복 속에서 깎이고 쌓이면서 채색된 색깔들이 인품으로 배어나오는 아름다운 사람들이다. 가까운 사람끼리의 모임에서도 나는 가끔 저마다의 매력을 발견하곤 한다.

배싯한 웃음이 소녀처럼 예쁜 사람, 말끝마다 진솔함이 배어나오는 선배, 어떤 옷을 입어도 멋스러운 동갑내기. 모두 생각하면 입가에 다정한 미소가 번지게 하는 사람들이다.

지난 번 모임이 있던 날이었다. 아침 여덟 시부터 서둘러 집을 나섰다. 천안으로 이사 온 이후부터 한 달에 한 번 서울로 출타하는 날은 마음을 들뜨게 한다. 십 년이 넘도록 지속된 모임의 얼굴들이 눈앞에 그려지면서 달리는 버스의 속도가 답답하게만 느껴진다.

전철을 갈아타고 수서역에 도착하였다. 개찰구를 빠져나가자 수많은 사람들 틈에서 선생님의 모습이 눈에 들어왔다. 나는 순간 선생님을 큰 소리로 불렀다. 선생님께서 "아, 정춘자 씨!" 하시며 나에게 시선을 돌리셨다.

많은 사람들 틈새에서 선생님의 어깨가 유난히 좁아 보였다. 선생님을 처음 뵈었을 때, 수필이라는 우람한 나무 아래에서 나는 풀잎처럼 작았다. 십수 년의 세월이 선생님을 팔십 고개에 오르게 하였다. 세월을 되돌릴 수만 있다면…. 짧은 순간 스치고 지나가는 생각이었다.

　나는 낙엽을 깨끗이 말리고 코팅하여 다정한 사람들에게 건네려 한다. 그리고 '당신에게서 이 나뭇잎처럼 고운 색깔을 봅니다.' 하고 속으로 말할 것이다. 낙엽에게도 나무에서 떨어져 땅 위에 뒹굴어도 쇠잔함 그 모양 그대로 충분히 아름답다는 찬사를 잊지 않으리라.

감자꽃

설악산의 단풍 소식이 TV의 전파를 타고 있다. 불타는 듯한 붉은 산이 자꾸만 눈앞으로 다가선다. 고향에 대한 그리움이 단풍보다 더 붉게 타 들어가다가 가슴속을 태워버릴 것만 같은 이맘때쯤이면 버릇처럼 위장에 탈이 나고 입맛을 잃어버린다. 마음이 가는 곳에 몸이 따르지 못하는 갈등으로 생기는 신체 리듬의 반란인지도 모른다. 여학교 때 친구 K도 나와 비슷한 심정이었는지 어느 날 전화를 했다. 감자밥을 해놓을 테니 놀러오지 않겠느냐고 한다. 강원도에서 태어나고 자라난 우리끼리만 통하는 이야기이다.

밭을 매러 가는 외할머니를 따라 나는 자주 감자밭엘 갔다. 내 머리통만 한 보퉁이를 들고 쫄랑쫄랑 강아지처럼 할머니 뒤를 따랐다. 할머니가 감자밭을 매는 동안 나는 냇물에서 가재를 잡기도 하고 조그만 돌멩이를 주워 공기놀이도 했다. 점심때가 되면 할머니와 나는 밭둑에 앉아 보퉁이를 풀어 놓고 시냇물 소리를 들으며 밥을 먹었다. 쌀이나 보리 알갱이는 숨바꼭질을 하고 그릇 가득히 감자투성이었다. 할머니는 성큼 감자 하나를 집어 들며 쌀밥을 내게로 몰아주었다. 그리고는 흐뭇한 미소를 지으며 감자꽃을 바라보는 것이었다. 그때 내 눈에 보이던 감자꽃은 세상에서 제일 예쁜 꽃이었다.

중학교 때였다. 장미반, 백합반, 난초반 등, 이제 막 옆가리마를 타기 시작한 단발머리 소녀들에게는 과분할 만큼의 우아한 명칭이었다. 난초반에 배정된 나는 새 노트의 표지마다 '1학년 난초반'을 정성을 다해 썼다. 하늘하늘한 난초 잎도 그려 넣었다. 2학년 때는 장미반이었고, 3학년 때는 다시 난초반이 되었다. 결국 백합반은 되어보지 못하고 졸업했다. 검은 스커트, 흰 칼라의 학창 시절을 생각할 때마다 서운하게 느껴지는 부분이다.

백합, 장미, 난초를 알게 되면서부터 감자꽃에 대한 나의 환상은 깨어졌다. 향기 높고, 아름답고, 청초한 특징을 지니고 있는 그 꽃들은 감자꽃과는 비교할 수 없는 고상함을 풍겼다. 감자꽃을 지천으로 보며 자라나는 우리들에게 그런 꽃 이름으로 학급 명칭을 붙인 선생님들의 마음을 알 수 있을 것 같았다.

백합반을 거치지 못해 안타까워하던 무렵에는 감자꽃처럼 매력 없는 꽃은 또다시 없을 거라는 생각을 한 적도 있었다. 윤기 없이 푸석한 꽃잎에는 향기라곤 느껴지지 않았다. 작달막한 가지마다 팡파짐하게 피어 있는 흰색 또는 자주색 꽃은 색깔조차 선명하지 않았다.

그러나 나는 곧 알게 되었다. 감자꽃은 아름다움만으로 피었다 지는 열매 없는 꽃들과는 다르다는 것을. 토실토실한 감자를 한 뿌리에 몇 개씩 주르르 매단 것을 본 다음부터였다. 감자의 넉넉함은 곧 식량의 풍족함이던 시절이었다. 할머니가 밭둑에서 늠름한 아들을 볼 때처럼 흐뭇한 미소를 지으며 감자꽃을 보시던 이유도 그제서야 알게 되었다.

하지가 지나기 시작하면서 호미날에 걸려 나오는 탐스러운 감자는 우리들의 주식이요 유일한 간식거리였다. 포실하게 갈라지는 덩이 사이로 하얀 김을 모락모락 내보내는 삶은 감자. 강판에 갈아서 부친 감자전의 쫀득거리는 맛.

감자는 썩어서도 양식이 되어 주었다. 호미 끝에 상처를 입은 것들과 아주 자잘한 것들은 큰 항아리에 담아 썩힌다. 외갓집 앞으로 흐르던 시냇가에는 온 여름내 감자를 썩히는 항아리들이 놓여 있었다. 자주 물을 갈아주며 썩힌 감자는 원래의 동글동글한 모양은 형체도 찾아볼 수 없는 회색빛의 보드라운 가루가 되었다. 가을날 따사로운 햇살에 잘 마른 감자 가루는 다른 곡식들과 함께 시렁 위에 간직되었다. 긴 겨울밤, 소리 없이 눈이 내리고 방 안에서는 호롱불 밑에서 감자 송편을 빚던 외할머니의 모습이 희미한 필름을 보는 듯 떠오른다.

밤이 새도록 감자밭 가를 걷고 싶은 적이 있었다. 유난히 달빛이 투명한 초여름이었다. 애잔하면서도 매혹적인 분위기를 발산하는 감자밭이었다. 희디흰 꽃이 소리 없이 내려앉은 눈송이 같았다. 시냇물 소리는 부드러웠고 밤은 자꾸 어두워지고 있었다. 그 것은 한 폭의 수채화가 되어 내 가슴에서 영원히 잊혀지지 않을 장면이다.

내가 직장을 구해 고향을 떠난 후 감자밭은 눈에 띄게 줄어갔 다. 관광지로 소문이 나고 점차 생활 양식도 바뀌면서 이제는 고 향에 가도 감자꽃을 보기 어렵다. 어쩌다 산골 마을에서 보게 되 는 감자꽃은 그래서 더욱 내 마음을 붙잡고 놓아주지 않는다.

우리 집 아이들은 한 번도 감자꽃을 본 적이 없다. 내가 입맛이 없을 때 별식처럼 짓는 감자밥을 아이들은 도대체 무슨 맛인지 모르겠다고 한다. 나는 특징 없는 감자꽃을 설명해줄 방법이 없 다. 백합처럼 향기롭지도 못하고, 청초한 난초의 기품에도 비할 수 없고, 장미만큼 아름답다는 말은 더욱 어울리지 않는 감자꽃. 작은 키에 진한 시골티가 배어 있는 너희들 어미 모습이 감자꽃과 닮았다고 말해 주었다. 그러나 뿌리에 자식처럼 우르르 매달린 감자가 어린 시절 가장 손쉽게 허기진 배를 채울 수 있는 식량이 었다고는 말하지 않았다.

언제든 가리
마지막에 돌아가리
목화꽃이 고운 내 고향으로
조밥이 맛있는 내 고향으로

노천명의 〈고향〉이라는 시를 생각한다. 목화꽃이 아니라 감자
꽃이요, 조밥이 아니라 감자밥이라고 한다면 바로 내 마음이다.
감자밭 가에서 듣던 산새 소리, 시냇물 소리가 지금도 귓가에 들
려온다.

어머니

목련꽃을 피우기 위해 바람이 성화를 부리던 날이었다. 화사하게 다가오는 봄을 답답한 집 안에서 맞이할 수 없었는지 친정어머니께서 나들이를 오셨다. 일주일쯤 계셨는데 울산에도 다녀가시라는 막내딸의 전화를 받고는 안절부절못하고 가방을 챙기셨다. 돋보기는 어느새 가방 속으로 들어갔고 무거운 성경책이 문제였다. 글씨가 커서 읽기는 좋은데 무거운 것이 흠이라고 말씀하시지만 그 책은 어머니의 분신 같은 것이었다. 그러나 며칠간 눈을 쉬게 할 겸 가벼운 몸으로 다녀오시라며 내가 억지로 어머니 손에서 성경책을 떼어 놓았다. 울산행 버스가 출발하는 것을 보고 집에 돌아와 어머니의 성경을 펴 보았다.

빨간 단풍잎, 노란 은행잎, 파릇한 네잎클로버가 고스란히 제 색깔을 간직한 채 책갈피에 끼워져 있다. 뽀얀 우윳빛의 장미 꽃잎도 있고 금방이라도 노란 물이 묻어날 것 같은 프리지아 꽃잎도 보인다. 은은한 한약 냄새를 풍기는 쑥잎을 끼워둔 이유는 무엇일까. 일흔여섯 노인의 책이라고 믿어지지 않아 이리저리 뒤적여 보았지만 그 책은 분명히 활자 큰 어머니의 성경이었다.

어머니만큼 꽃을 좋아하는 사람은 흔치 않을 것 같다. 내가 어렸을 적에 어머니는 흙이 있는 곳이면 어디든지 꽃씨를 뿌려 가꾸셨다. 좁은 마당이 온통 꽃밭이었다.

봄이 아직 겨울의 문밖을 서성이고 있을 때 매화는 벌써 눈 같은 속살을 내보인다. 그때부터 어머니의 손길은 날마다 꽃밭으로 갔다. 산과 들에서 개나리 진달래가 신호를 보내면 우리 집 새싹들은 우후죽순처럼 자랐다. 키 작은 채송화는 맨 앞줄이었고 윗집 사이로는 노란 키다리 꽃이 울타리 노릇을 했다. 아침 해와 함께 피어나는 나팔꽃을 따라 봉숭아, 백일홍, 맨드라미, 수국 등이 온 여름내 피고 지며 씨를 맺었고, 나는 봉숭아꽃을 따고 또 땄다. 우리 세 자매의 손톱은 꽃보다 더 붉은 물이 들어 첫눈이 내릴 때까지 빠지지 않았었다. 여름 꽃들이 그렇게 피었다 시들면 연이어 샐비어가 피기 시작하였고, 국화와 과꽃은 가을이 깊어 서리가 내릴 때까지 피고 졌다.

열일곱 살 되던 해, 그 가을의 끝을 어떻게 잊을 수가 있을까. 어머니가 우리들 곁을 떠나실 뻔했다. 병원에 자주 가지 못한 채 아랫목을 지키는 어머니의 모습에서 나는 알 수 없는 슬픔의 늪을 보았다. 나중에 안 일이지만 어머니의 병명은 암이었다. 통증을 견디지 못하는 지경이 되어서야 입원을 서두르는 아버지에게 의 사는 이미 자신이 손댈 수 없는 지경이 되었다며 입원을 허락지 않았다. 그날부터 어머니는 숨은 쉬고 있었지만 눈을 뜨지 않았다. 과일 주스나 멀건 미음으로 연명하던 하루하루였다. 어머니의 얼굴색은 점점 투명한 유리처럼 핏줄까지 드러나 보였다. 푹 꺼진 눈꺼풀을 한 번씩 치켜뜰 때마다 많고 많은 이야기를 차마 하지 못하고 주르르 눈물로 흘려보내곤 하셨다.

날마다 목사님이 한 차례씩 다녀가셨다. 기도를 마치고 방을 나가실 때는 우리 일곱 남매의 등을 다독여 주거나 어깨를 포근히 감싸 안아 주셨다. 그런 모습을 날마다 지켜보던 어머니가 어느 날 입술을 굳게 물고 몸을 일으켰다. 기도원에 가겠다고 했다. 발자국조차 떼어 놓을 수 없는 상태로 어떻게 가려느냐고 아버지가 만류했지만 소용없는 일이었다.

놀라운 일은 어머니가 기도원에 가신 지 한 달쯤 후에 일어났다. 어머니는 전혀 다른 사람이 되어 우리들 곁으로 돌아오신 것이다. 불치의 암과 싸워 당당히 승리한 천사의 모습이었다. 그 힘은 신앙이었다. 영문을 알지 못하여 어떻게 기도했느냐고 묻는 많은 사람들에게 어린 자식들 때문에 도저히 그대로 하나님 곁으로 갈 수 없다고 떼를 썼다는 것이다. 나는 어머니의 모습을 보면서 "감사합니다." 라는 말을 푸른 하늘이 가득 덮이도록 써 올리고 싶었다. 내 평생 신앙의 길에서 벗어나지 않으리라 다짐한 것도 그때의 일이다.

그런 일이 있은 이후 어머니의 손에는 언제나 성경이 들려 있었다. 어머니 손에서 닳아 없어진 책만 해도 두어 권은 될 것이다.

돋보기만 있으면 다른 성경을 볼 수 있는데 유독 무거운 당신의 성경만 들고 다니시는 이유를 오늘에서야 알게 되었다. 그 책은 당신의 지체이면서 분신이요 또 당신의 꽃밭이었다.

꽃씨를 뿌릴 땅이 없는 현재의 어머니에게 일천칠백오십사 페이지 갈피갈피에다 꽃을 심어 놓은 것이다.

"어머니, 해마다 봄이 오면 어디론가 떠나고 싶고, 녹음 짙은 7월이면 녹음 속에 묻혀버리고 싶고, 낙엽 지는 가을이면 자꾸만 울고 싶었던 나의 가슴앓이는 순전히 어머니의 유전자 때문입니다. 먼 훗날 이 책이 소용없어질 때 꼭 제게 물려주겠다고 약속해 주세요." 이렇게 쓴 메모지 한 장을 어머니의 성경책 속에 끼워 넣었다.

오월이 오기 전에 나도 분홍빛 카네이션 한 다발을 말려 보아야겠다.

도영이 엄마

　오랫동안 교회 생활을 함께하면서 알게 된 도영이 아버지는 나와 동향이었다. 그는 정이 흥건히 묻어나오는 강원도 특유의 말투를 버리지 못하고 있었다. 나는 그런 도영이 아버지를 무척 친근하게 여겼다. 투박하고 우직스러운 오라버니 같았다. 그는 교우들이 많이 모인 곳에서도 내 이름을 큰 소리로 부르며 "이름 한번 세련됐다!"를 연발하여 좌중을 웃겼다. 그때마다 나는 눈을 하얗게 흘기며 도영이 아버지를 쳐다보았다. 이어서 "히, 히, 히." 하는 장난기 넘치는 소년 같은 웃음소리가 흘러나오고 그래서 우리 주변은 언제나 소란스러웠다.

　그는 또 음식 만들기를 즐겼다. 가정 예배를 위해 도영이네 집에 모일 때면 맛있고 푸짐한 상을 우리들 앞에 차려 내었다. 그래서인지 도영이 아버지의 꿈은 큰 음식점을 경영해보는 것이었다. 실제로 작은 규모의 식당을 운영했지만 인심 좋은 손놀림에 타산이 맞을 리가 없었다. 이런 일 저런 일 마다 않고 열심히 살았지만 노력한 만큼의 대가가 나타나지 않았다.

어떻게 눈을 감았을까. 영화배우같이 잘생긴 큰아들 도영이와 운동선수처럼 늠름한 둘째 아들을 두고. 바람 불면 날아갈 것같이 가냘픈 아내를 두고 어찌 말 한마디 없이 떠났을까.

사인은 뇌출혈이었다. 사람이라곤 아무도 없는 빈 사무실에서 홀로 떠났다. 그 사실을 짐작조차 하지 못했던 도영이 엄마는 토요일 밤과 일요일 밤을 애태우며 남편을 기다렸다. 잠자듯 그렇게 떠난 줄 모르고.

도영이 아버지는 차가운 몸이 되어 영구차에 실려 꿈에도 그리던 고향으로 갔지만 고향 사람들은 그를 반기지 않았다. 객지에서 불귀의 객이 되어 돌아온 사람을 동네 안에 들일 수 없다는 이유였다. 동구 밖에서 도영이 엄마는 고향의 어른들에게 애원했다.

"애들 아버지는 아이들 공부만 끝나면 여기 와서 살겠다고 하였습니다. 얼마나 오고 싶어 하던 곳인데 그냥 가라고 하십니까."
두 손을 비비며 발을 동동거렸지만 허사였다. 나중에는 두 아들과 함께 빌었다. 무릎을 꿇고 눈물로 호소하는 열일곱 살과 열다섯 살짜리 두 아들의 모습을 지켜보던 교우들은 세상의 각박한 인습만 원망했다.

내가 도영이네 집을 찾은 것은 그 일이 있고 보름 후였다. 마음에는 눈물을 보이지 않겠다는 단단한 각오를 하며 벨을 눌렀다. 그러나 푸석한 얼굴로 문을 여는 도영이 엄마를 보자 왈칵 뜨거운 눈물이 쏟아졌다. 목젖을 누르며 흐느낌을 참으려 했지만 끅끅거리는 소리와 함께 나는 순간적으로 하나님을 원망하였다. 도영이 엄마는 억장이 무너졌는지 아무 말도 아무런 행동도 없이 멍하니 앉아 있었다.

이제 도영이 엄마는 어찌 살아야 하나. 키는 다 자랐지만 마음은 아직 아이일 뿐인 두 아들의 공부를 마칠 때까지 무슨 일을 하여야 할까. 내 머릿속에서 끝없는 걱정들이 꼬리를 물었다.

그런데 도영이 엄마는 모든 생각을 잊고 싶은 모양이었다. 허둥거리며 부엌으로 가더니 도영이 아버지가 그랬던 것처럼 내게 매운탕을 끓여 주겠다는 것이다. 초점 잃은 눈으로 손길은 떨리고 있었다.

서로 하고 싶은 이야기는 따로 있는데 우리의 입에서 나오는 말은 허공을 맴도는 엉뚱한 이야기뿐이었다. 일어설 시간이 되어서야 비로소 "도영이 엄마, 힘내!" 하고 한마디 무겁게 하였다. 그녀는 말없이 고개를 숙였다.

해가 서쪽 하늘을 핏빛으로 물들이고 있었다. 큰길까지 따라 나온 도영이 엄마가 차에 오르는 나를 향해 손을 흔들었다. 손을 흔들 수 있는 이별은 후일의 만남을 기약할 수 있다. 노을을 받은 도영이 엄마의 눈빛이 붉게 보였다.

도영이 엄마와 그렇게 헤어진 후 참으로 오랜 시간이 흘렀다. 그가 어떻게 살고 있는지 소식을 알 수 없다. 헤어지고 만나는 일이 마음대로 되지 않는다는 사실을 이제 조금은 알 것 같다.

그렇지만 고단한 삶을 살고 있을 도영이 엄마를 가끔 생각한다.

내게 매운탕을 끓여 주던 그들 부부가 웬일인지 오늘 무척 보고 싶다. 험한 파도를 헤치고 태산준령을 넘으며 살아왔을 도영이 엄마, 그도 나처럼 늙어 있을 터인데 기억은 젊은 여인의 모습에 머물러 있다.

그의 소식을 수소문해 보아야겠다. 그리고 주름진 그의 손을 가만히 잡아 주리라. 그러면서 우리가 살아온 이야기를 달걀 꾸러미 엮듯 줄줄 엮어 보리라.

밥 익는 소리

밥솥이 말썽이다. 칠 년이나 가족의 밥을 책임져 온 압력밥솥이 고장이 났다. 쌀을 안치고 30분이 지나면 쉭 소리와 함께 김이 빠지고 밥 익는 냄새가 구수하다. 곧 차진 밥이 밥상 위에 오른다. 그런데 고장이 난 밥솥은 압력 버튼을 누르고 조금 지나면 피식 김이 빠지는 소리가 나고 삑삑 전자음이 울리다가 전원이 꺼져 버린다.

부엌에 들어서면 나는 여러 소리들과 만난다. 쏼쏼 수돗물 소리, 싸르륵 쌀 씻는 소리, 탁탁 냉장고 문 여닫는 소리, 또각또각 칼질 소리, 자글자글 찌개 끓는 소리. 그런 소리는 잘 짜인 각본처럼 나의 행동을 이끌어 낸다. 칼질을 하며 간을 보며 나는 쉭 하는 소리를 등 뒤로 기다리는 것이다. 밥 익는 소리와 동시에 반찬을 담고 식탁을 차리기 때문이다. 그런데 밥솥이 말썽을 부리면서 나의 행동은 리듬을 잃고 허둥거린다.

새삼스럽게 냄비에 밥을 짓는다. 센 불을 켰다가 중불로 끓이고 약한 불에 뜸을 들이느라 손길이 바쁘다. 다른 일에 신경 쓸 겨를 없이 불 앞을 지키다 보니 반찬 준비할 시간이 없다.

나는 우리 어머니에 비해 밥 짓는 일이 수월한 세대이다. 생솔 가지 지피며 아궁이에 밥을 짓던 때의 노고를 생각해보면 옛 어른들에게 저절로 머리가 숙여진다. 여름이면 땀과 연기로 눈물이 범벅이 되어 밥상을 들였을 것이다.

가족의 끼니를 준비하는 일은 주부에게 스트레스이다. 매 끼마다 밥을 짓고, 어떤 찬을 상에 올릴 것인지 고민하여야 한다.

젊은 날, 맞벌이하던 시절이 있었다. 집안일과 직장 사이를 오가면서 어느 한 곳에도 충실할 수 없었다. 아이의 육아 문제에 부딪혔을 때에는 어쩔 수 없이 직장에 사표를 냈다. 정년이 보장된 직장을 포기했을 때의 서운함이란 두고두고 잊혀지지 않는다.

그 직장을 얻기 위하여 폭설로 교통이 막힌 대관령을 걸어서 넘었다. 허리까지 덮이는 눈길을 밤에 걷는다는 게 얼마나 으스스한지 추위가 아니라도 소름이 솟고 머리카락이 곤두서는 일이다. 산등성이마다 먹이 찾는 부엉이 소리가 호랑이의 포효보다 더 크게 들렸다. 손발이 얼어드는 사흘간, 동행 네 사람이 없었다면 어림없는 강행군이었다. 시험 당일 아침에 겨우 시험장에 도착했다.

고생 끝에 취업을 하였기에 평생 놓지 않으리라 다짐하였던 직장을 잃은 후 나는 부엌일이 족쇄처럼 느껴졌다. 벗어나려고 몸부

림치면 칠수록 더욱 더 감겨드는 형국이었다. 나는 죽기보다 싫은 일이었지만 싱크대는 내가 앞에 와 서기만을 기다리고 있었다. 오래 머물수록 빛이 나고, 식구들도 즐거운 식사를 하는 모습을 보며 나의 마음엔 쓸쓸한 그림자가 드리웠다.

전신이 쑤시고 열이 불덩이 같아도 밥을 지어야 하고 음식을 장만해야 하는 부조리한 현실을 어디에 호소라도 하고 싶었다. 왜 다른 가족은 부엌에 들지 않아도 떳떳하고 나는 아픈 몸으로 밥을 하면서 부실한 식단을 미안해 해야 하는지 알 수 없는 일이었다. 그것이 누가 시키는 일이 아니라 스스로 얽어매는 멍에라는 사실에 더욱 마음이 편치 않았다.

그렇다고 내가 주부의 자리에서 벗어날 묘안은 없었다. 묵묵히 부엌일을 해 왔다. 천직인 양 여기며 집 안을 맴도는 세월이 수십 년이다. 어떤 일에 40년이 넘는 시간을 쏟았다면 '장인'이나 '대가' 소리를 들을 것이다. 그런데 나는 여전히 주부일 뿐이다. 그것도 쇄락해가는 주부이다.

이제 나는 젊지 않다. 은발이 날마다 늘어가고 얼굴에는 삶의 흔적이 구불거린다. 밖으로 뛰쳐 나가고만 싶던 발걸음도 집안에 묶이는 데 익숙해졌다. 정체 모를 방황도 언제인지 멈추었고 온전히 부엌 사람으로서의 존재가 되었다. 먹기 위해 사는가, 살기 위해 먹는가 고민하던 여인이 살기 위해 먹지만, 먹기 위해 사는 날도 있다는 융통성도 갖게 되었다.

춥고 더운 계절마다 적절한 식단을 마련하여 식구들과 둘러앉아 따뜻한 혹은 시원한 음식을 먹는 맛, 그 맛은 행복한 것이다. 별식이라도 장만하여 맛있게 먹는 가족의 얼굴을 보면 그보다 흐뭇한 일이 또 있을까.

고삐에 끌려가는 소의 모습으로 부엌에 서 있던 나의 젊은 날을 기억해 본다. 먼 곳을 목적 없이 떠돌다가 집으로 돌아온 기분이다. 여행은 돌아오기 위해 떠나고, 돌아와 머물 수 있는 곳이 있다는 건 축복이 아닐까. 부엌에서 떠나야 할 날이 닥칠까 봐 오히려 걱정이다.

밥솥을 고쳤다. 전과 똑같이 밥 익는 소리가 힘차다. 그 소리는 내가 가족들을 향하여 내는 외침이다. 좋은 아침, 어서 밥 먹자. 활기차게 하루를 살자. 오늘도 밖에서 수고 많았다. 시간마다 나의 외침은 다르지만 밥솥은 같은 소리로 나의 속내를 전한다. 쉭-, 또 밥 익는 소리가 난다.

제 3 부

종탑이 있던 자리

묻는 이에게 답을 주는 선인처럼 종 줄을 당기면 맑은 소리를 내는
종을 치고 싶다. 그러면 땡, 땡, 시원하게 귀가 씻길 것 같다. 탐욕과 성냄
과 어리석음으로 가득 찬 속내 또한 말갛게 씻어 낼 수 있을 것 같다.

종탑이 있던 자리

백화점 앞에 사람의 물결이 흐른다. 밀물과 썰물이 뒤섞여 흐르는 인해의 물결 속에서 방향 감각이 혼란해진 내가 걷고 있다. 떠밀리듯 흘러가는 내가 작은 배와 같다.

땡그렁, 땡그러렁….

종소리를 따라 한 아이가 자선냄비 속으로 지폐를 밀어 넣고 있다. 초등학교 4, 5학년쯤 되어 보인다. 옆에 서서 흐뭇한 미소를 머금은 이는 아마 그 아이의 엄마일 것이다. 종소리는 쉬지 않고 들린다. 그 주위에서 칼끝처럼 차가운 바람이 훈풍이 된다. 가느다랗지만 길게 울리는 종소리가 나를 아득한 시간 속으로 데리고 간다.

내가 아이였을 때 그림처럼 예쁜 교회가 있었다. 종탑이 붉었다. 예배당 지붕도 빨간 색이었다. 교회 주변을 둘러싸고 키가 큰 나무들이 빼곡했다. 한여름이면 초록 숲속의 붉은 종탑과 빨간

색 지붕은 동화 속 나라 같았다. 겨울이 오면 하얗게 눈 속에 파묻힌 교회가 성탄 카드의 풍경 그대로였다.

교회의 뜨락에 서면 시가지가 한눈에 들어왔다. 먼 수평선까지 훤히 보이는 바다를 바라보는 기분은 내가 한 마리 갈매기가 되어 훨훨 날아가는 것 같았다. 기쁠 때나 슬플 때 나는 교회 언덕에 올랐다. 비가 오거나 눈이 내릴 때에도 나는 그 언덕에 있었다.

날마다 어둠을 걷어내며 종소리가 교회 언덕 바로 아래의 우리 집으로 날아왔다. 바람의 방향에 따라 어느 때는 아득하게, 어느 때는 가깝게 들렸다.

해 질 녘, 저녁 예배를 알리는 종소리는 포근했다. 세상에서 어떤 잘못을 하여도 그 종소리만 들으면 모든 죄가 사라지는 것 같았다. 해는 산허리에 기웃하고 굴뚝에선 저녁 연기가 가물거리는데 종소리 은은히 마을에 퍼질 때 밖에서 바쁜 하루를 보낸 사람들이 돌아온다. 피곤을 위로하며 어깨를 다독이듯 종소리는 멀리멀리 퍼져 나갔다.

일요일이면 종소리에 맞추어 아침을 먹고 저녁을 먹었다. 변변한 시계가 있을 리 없던 시절에 종소리는 시간을 알 수 있는 소리이면서 하늘을 향하여 두 손을 모으게 하는 신호였다.

나는 하루도 거르지 않고 종탑 주위를 서성거렸다. 종탑 맨 꼭대기의 종을 올려다보기도 했다. 어느 날 길게 늘어진 종 줄을 잡아당겨 보고 싶은 욕망을 참을 길이 없었다. 묵직하게 잡히는 줄을 힘껏 끌어내렸다. 댕, 댕, 청아한 금속성이 귀를 때렸다. 귓속이 먹먹해지는 순간 사찰 집사님의 고함 소리와 함께 종 줄은 내 손에서 빠져 나갔다. 금지된 장난의 대가는 호된 꾸지람이었다.

이후 종 줄은 아이들 손이 닿지 않는 높은 곳으로 올라갔다. 그때부터 나는 종을 치는 일이 성스럽게 느껴졌다. 종탑 주변을 언제나 깨끗하게 비질을 하며 새벽마다 종을 치는 집사님 모습 때문이었다. 눈보라를 헤치고 비바람에 젖으며 한결같이 종소리와 함께 늙어가는 집사님을 보며 나도 어른이 되어 종지기가 되고 싶었다.

그 교회는 내가 태어나기 이전부터 있었다. 기독교 역사의 절반을 꺾어도 50년 이상 종소리가 마을을 울렸다. 그런데 언제였을까, 소음의 주역이라는 죄명을 뒤집어쓰고 종이 종탑에서 내려졌다. 종은 고철이 되어 어느 용광로에 던져지고 종탑도 철거되었다.

교회의 모습도 바뀌었다. 언덕 위의 유서 깊은 건물이 허물어지고 지하를 파고 이층을 올려 번쩍이는 외장도 갖추었다. 나는 그 교회를 떠나온 지 오래 되었지만, 어쩌다 고향에 가면 새롭게 단장한 교회에 발길이 닿지 않는다.

종탑이 있던 자리. 그곳으로만 자꾸 마음이 끌릴 뿐이다. 그리고 못내 서운하다. 내 신앙의 시원(始原)의 물줄기를 잃어버린 때문일까. 나는 때때로 회의와 시험에 빠져 허우적거린다. 끝내 종지기가 될 수 없다는 사실은 가슴속에 옹이로 굳어져 있다.

묻는 이에게 답을 주는 선인처럼 종 줄을 당기면 맑은 소리를 내는 종을 치고 싶다. 그러면 땡, 땡, 시원하게 귀가 씻길 것 같다. 탐욕과 성냄과 어리석음으로 가득 찬 속내 또한 말갛게 씻어 낼 수 있을 것 같다.

노을 비끼는 저녁, 하늘을 본다. 저 멀리 교회의 십자가도 눈에 들어온다. 침묵으로 들려주는 종소리는 십자가를 통하여 들어야 한다. 그런데 내 신앙의 귀는 아직도 원시에 머물러 심오한 경지는 멀기만 하다. 서쪽 하늘빛이 옛 교회의 종탑처럼 붉다.

얼굴

　구십일 세의 노인이 물질을 한다. 울릉도 바다 속을 물고기처럼 유연하게 헤엄친다. 성게를 줍고 전복을 따는 모습이 날렵하기까지 하다. 나는 놀라움에 입을 다물지 못하고 자꾸만 텔레비전 앞으로 다가간다. '인간극장' 이라는 다큐멘터리를 보고 있다.

　노인은 열일곱 살 때부터 해녀 생활을 하였다. 남편과 딸 하나를 병마로 잃어버리고 아들 둘은 바다에 빼앗겼다. 그 애달픔, 그 서러움, 그 허망함을 잊으려 노인은 자꾸만 바다에 들어간다. 물 밖에서는 외롭고 괴로워서 물속으로 잠겨 드는 것이다. 바다에 들어가지 못하게 한다면 노인은 기력을 잃고 몸져누울지도 모른다. 그러다 보니 노인은 물속에서의 활동이 오히려 몸에 익숙한 생활이 되었다.

　나이를 무색하게 하는 노인이 물 위로 올라와 물질할 때의 옷을 벗고 얼굴을 드러낸다. 과연, 세월이 노인을 비껴가지는 않았구나 싶다. 도무지 윤곽이 없어져 버렸다. 눈썹 선이 희미하고 콧날도 내려앉고 겨우 눈동자만 반짝거린다.

나는 내 얼굴을 보며 왜 이리도 흐리멍덩하게 보일까 생각한 적이 있다. 그것이 내가 늙었다는 증거라는 것을 이제야 깨닫는다. 마치 구겨진 종잇장처럼 되어가니 참으로 야속하기만 하다.

때때로 이런 얼굴에 분칠을 한다. 삐에로처럼 하얗게 뺨을 덮고 눈썹을 까맣게 칠하고 입술에 붉은 선을 살리면 가면을 쓴 것처럼 다른 사람이 된다.

그렇게 달라진 얼굴로 친구를 만나면 '넌 늙지 않는구나.' 소리를 듣는다. 달콤한 사탕을 입에 넣어주는 효과뿐일 그 말을 들으면 내 본래의 얼굴을 잊어버린 채 잠시 환상에 젖는다. 그리고 똑같은 말을 친구가 듣고 싶어 한다는 걸 알기에 앵무새가 되어 그 말을 따라한다. 땅에 떨어져 사라지는 그 말에 매달리고 싶은 나약한 여인인 것이다.

세월의 흔적을 막아보려고 여인들은 안간힘을 쓴다. 메스를 대고, 약을 집어넣고. 얼굴이 생고생을 겪는다. 그러나 어느새 세월의 강줄기는 또다시 드러난다. 굽이를 만들며 실개천으로 갈라지기도 한다. 그러니까 얼굴은 우리 몸에서 형태의 변화가 가장 많은 부분이다. 이것은 생명 있는 것이라면 누구도 피할 수 없는 우주의 원리가 아닌가.

친구의 아버지는 젊었을 때 세상을 떠났다. 피부가 터질 듯 탱탱하고 이목구비의 윤곽도 뚜렷한 얼굴의 사진이 언제나 벽에 걸려 있었다. 친구의 어머니는 연로하여 육신마저 거동이 불편한데 날마다 청년 같은 남편을 바라다보는 것이다. 자신의 늙음은 잠시 잊고 꿈만 같았던 지난날로 돌아가 꽃 같은 동녀가 된다.

나는 속으로 늘 궁금했다. 천국에서 두 사람은 어떤 모습으로 다시 만날까. 아내는 주름살 성성한 얼굴이고 남편은 청년의 얼굴로 다시 만난다면 얼마나 슬픈 일인가. 남편처럼 동안으로 되돌리는 의술이 저승에는 존재하지 않을 터이니 어찌할꼬. 나는 공연한 걱정을 하곤 하였다.

그저 친구의 어머니가 자신의 얼굴을 자신이 볼 수 없다는 사실만 다행으로 여겨졌다. 얼굴은 거울이라는 투영 물체를 통하여서만 자신을 볼 수 있다. 보고 싶지 않으면 평생 보지 않아도 된다. 하루가 다르게 주름이 늘어가는 얼굴이라면 차라리 거울을 치워 버리고 남편의 사진만 바라보는 것이 낙이었을지도 모른다.

그 어머니가 눈을 감았을 때, 친구는 어머니 젊은 시절의 환하게 웃는 사진을 영정 사진으로 사용하였다. 망자의 사진 앞에서 어른거리는 향의 연기를 따라 훨훨, 어머니가 그렇게 웃으며 날아오르는 것 같았다.

울릉도 바다에서 물질을 하는 노인의 얼굴을 잊을 수 없을 것 같다. 외로움이 절절이 배어 온갖 풍상에 패어진 골이 고스란히 드리니딘 그 얼굴에서 나는 노인의 인생을 보았다. 힘들지만 결연히 살아내는 의지가 엿보이는 삶의 자세를 말하고 있었다. 현실이 어떻게 변하더라도 자신은 영원한 해녀라는 긍지가 그 얼굴에서 발산되고 있었다.

내 얼굴에선 어떤 의지를 읽을 수 있을까 생각이 들게 하였다. 지금까지는 늙어가는 피부에만 신경을 썼다. 그런데 노인의 얼굴을 보며 나는 내 얼굴에 어떤 인생이 담길까를 생각하게 되었다. 아무리 오래 들여다보아도 나는 내 얼굴에서 삶의 어떤 의지나 인생의 지침을 읽어낼 수가 없다. 내가 누구인지 모르는 채 살고 있는 사실과 맥이 닿아 있는 건 아닐까.

조가비만 한 얼굴을 가지고 횡설수설 말이 많았나 보다. 나이 들어 점점 초라해져 가는 얼굴을 보고 있자니 공연히 헛말만 나온다.

산 너머 산

    설악은 높은 산이다. 해발 1,700미터라는 숫자가 아니더라도 육안으로 보려면 고개를 한껏 젖혀야 한다. 그런 산을 나는 눈만 뜨면 바라보며 어린 시절을 보냈다.

    아침에 보는 산은 막막하였다. 낮에 보이는 산도 까마득하였다. 저녁 무렵에 산을 쳐다보면 아련하였다. 비오는 날이면 산은 구름에 가려져 보이지 않았다. 맑은 날이면 산뜻하게 드러나는 위용 때문에 가슴을 베이는 서릿발을 느꼈다. 겨울이 오기도 전에 정수리에 하얗게 눈이 덮여 신령한 기운을 발산하는 산이었다.

    그 산 너머를 그리워하면서 성장하였다. 산을 넘기만 하면 팍팍하고 고단한 세상이 아닌, 행복으로 가득한 세상을 만날 수 있으리라. 유토피아, 무릉도원은 아니라도 끝없는 지평선이 펼쳐진 초장 위에서 토끼들이 뛰고 양떼가 풀을 뜯는 목가(牧歌)의 풍경을 연상하곤 하였다.

무엇보다 산이 너무 높아 기차가 들어올 수 없다고 생각하였다. 어디든 여행할 수 없는 나이였기에 기차에 대한 막연한 동경은 꼭 그 산을 넘으리라는 꿈을 키웠다. 산이 높아 내 앞길이 보이지 않는다고 믿었다. 보이지 않는 산 너머가 자꾸만 눈앞에 그려졌다. 앞으로 나아갈 수 없는 것은 오직 높은 산 때문인 것 같았다.

나는 기어코 산을 넘어왔다. 그런데 산 너머의 세상도 별것 아니었다. 아옹다옹 다투며 옹색한 현실을 벗어나지 못하는 생활이 이전의 삶과 조금도 다르지 않았다. 그리움이 실망으로 되돌아왔다.

높이가 560미터라는 칠갑산에 오른 적이 있다. 충남의 알프스라는 산이다. 설악산 높이의 삼분의 일도 못되는 산이기에 나는 아주 가벼운 마음으로 산행을 나섰다.

그러나 헉헉거리는 숨결을 길 위에 뿌리며 겨우 정상에 올랐다. 늙은 몸을 생각지 않았던 것이다. 그 산 역시 수많은 봉우리를 거느리고 산 너머 또 산이 있음을 보여 주었다. 고만고만한 산들이 마치 어머니 젖가슴처럼 안온한 분위기로 겹겹이 에워싸여 있었다.

그 산 아래마다 사람들이 살고 있다. 어디든 똑같이 아이를 낳고 키우는 사람들이 살아가기에 산봉우리가 어머니의 품으로 느껴지는지도 모른다. 그리고 산 속에 가득 들어선 나무들과 수많은 생명들의 생멸이 있어 그 기운이 나에게까지 전해져 오는 것 같았다.

최근에는 가까운 앞산에 자주 간다. 산책을 겸한 운동이다. 산을 오르며 밤도 줍고 다람쥐와 청솔모를 만나는 일도 즐겁다. 산국화가 피고 봄이면 진달래가 해맑은 웃음으로 나를 반긴다. 가을날 낙엽 세례를 받으며 숲속을 걷는 재미도 쏠쏠하다.

산 속에서 비를 만날 때도 있다. 장마 때였으리라. 새 한 마리가 비에 젖으며 숲 속을 배회하고 있었다. 무거운 날갯짓이었다. 비 오는 날 날아다니는 일이 얼마나 어려울지 나는 그날에서야 느꼈다. 물 젖은 둥지에서 몸 둘 곳이 있을까 잠시 생각한 것도 그 비오는 날 뿐이었다.

낮은 산이지만 꼭대기에 오르면 시야가 훤히 트인다. 너른 들판을 건너 또 산이 보인다. 그 너머 산, 또 산이 있다. 산 바로 아래로 시선을 내리면 아파트 단지가 마치 한 덩어리의 산처럼 버티고 있다. 그래, 저곳도 산이라는 생각이 든다. 자연의 산이 야생을 거느리는 곳이라면 아파트는 사람을 보듬은 산이라는 생각이다. 어미닭이 병아리를 품음 같은 한 칸 속에서 사랑과 미움, 자유와 속박, 만남과 헤어짐, 생과 사, 기쁨과 슬픔을 같이 겪으며 살아간다. 그 한 집, 한 집이 모여 거대한 산을 이루었다. 생명력 넘치는 산이다.

어릴 적 무지개를 좇는 심정으로 산 너머를 그리워하던 나는 이제 더 이상 무지개를 잡으려 하지 않는다. 그런데 그리움은 접어지지 않는다. 저 산 너머에 살고 있는 누군가가 그리워지는 것이다.

조락의 계절이다. 나무들이 옷을 벗는다. 산 위에서 건너다보이는 산의 모양이 더욱 선명하게 형태를 드러낸다. 산을 넘고 넘어서 사랑하는 사람들을 만나고 싶다. 동생이 있는 타국 땅도 산을 자꾸만 넘으면 가 닿을 수 있다.

그런데 정작 나는 내 옆집의 산도 넘을 수가 없다. 물 샐 틈이 없이 밀착되어 있는 집인데도 철문을 닫고 들어가면 그 집은 좀처럼 접근할 수 없는 산이다. 어릴 적에 바라다 보이던 높은 산이 되어 까마득하게 느껴지는 것이다. 한 지붕 밑에서 동고동락하는 식구끼리도 넘을 수 없는 산맥이다. 태백의 준령도 하늘 아래 뫼이거늘 그보다는 높지 못하리라.

그리움을 배필인 양 겨드랑이에 끼고 살아가는 나, 오늘도 나는 먼 산을 향하여 눈길이 끌린다. 기댈 곳 없어 외로워지는 마음이 산 너머 산으로 달려간다. 헐벗은 산등성이가 꼭 내 가슴처럼 삭막하다.

갯배를 타는 사람들

태초의 시간을 거슬러 올라가야 한다. 바다가 처음 생겼을 때부터 동해의 거센 물살이 파도를 일으킬 때마다 모래가 쓸려나오며 사주(砂州)가 형성되었다. 좁고 긴 모래톱은 바다에서 떨어져 나와 호수를 만들었다. 바다의 일부였던 그 석호 속에 미시령 계곡의 한 줄기, 청초천을 타고 내려오는 물이 호수에 담수된다 하여 이름을 '청초호'라 하였다.

바다만큼 넓은 호수 물빛이 바다처럼 짓푸른 것은 수심이 깊기 때문이다. 호수를 둘러싸고 공원도 조성되었으며 호수 경관을 바라보며 낭만을 즐기는 연인들도 보인다. 갯벌에는 철새 무리가 한가로이 노닌다.

호숫가의 낭만이나 철새들의 한가로움을 무심히 바라보며 살아가는 주민들은 날마다 그물을 깁고 치열히 뱃전을 오를 뿐이다. 모래가 굳어진 좁다란 땅에 그들이 자리를 잡은 것은 민족상잔의 한국전쟁 이후이다. 이북에서 피란 내려와 임시 방편으로 몸을 내려놓았다. 함경도의 투박한 사투리에는 거친 삶의 숨결과 고향에 대한 짙은 그리움이 배어 나온다. 보리 포기 한 자락 자라지 않는 염기(鹽氣)의 땅에서 오직 바다만이 그들이 기댈 수 있는 생계 터전이다. 집집마다 마당엔 생선 몇 마리씩이 걸린다. 가자미, 명태, 꽁치, 양미리 등이 처마 밑에 걸리는 겨울 풍경은 그들만의 여유이다. 폭설이 무릎을 넘고 앞뒷집 왕래조차 어려울 때, 방 안의 화롯가에 온 가족이 둘러 앉아 처마 밑 명태를 구워 먹으며 두고 온 고향 이야기로 밤을 밝히기도 한다. 청초호를 끼고 호수 곁에 자리 잡았기에 청호동이라는 지명이 있지만 '아바이 마을'이라는 별칭으로 더 널리 알려진 곳이다.

천혜의 항구가 된 호수와 외해(外海)는 폭이 넓지 않은 수로로 연결된다. 그 수로 위에 뗏목처럼 허술한 배가 다닌다. 청호동 사람들이 속초 시내로 이동할 때 꼭 필요한 운송 수단인 갯배이다.

커다란 나무 박스 모양에 철제 난간만 세우고, 바닥에 쇠줄이 깔렸다. 쇠꼬챙이를 바닥의 쇠줄에 걸어, 당기면서 걸으면 그 동력으로 배가 움직인다. 사공이 따로 없어 필요한 사람이 스스로 배를 움직였던 예전에 비해 배의 사공이 생겼다. 진화한 것이 있다면 그것뿐이다. 내가 어렸을 때부터 흰머리 성성한 나이가 된 지금까지 그 원시의 시설 그대로 조금도 변하지 않았다. 변화를 느끼게 하는 것은 갯배를 타는 사람들이다.

갯배가 몇 번인가 매스컴을 탔다. 실향민들의 애환이 담긴 지역의 명물로 이름이 나면서 중국과 일본에서까지 관광객이 찾아든다. 여름철이면 갯배를 타기 위해 길게 줄을 서야 하는 풍경에서 나는 알 수 없는 감회에 젖는다. 저 먼 나라, 소설 속에서 만났던, '드리나 강의 다리'가 연상되는 건 아마도 그 다리와 갯배가 똑같이 사람들의 역사를 오랜 세월 동안 지켜본다는 생각 때문일 것이다.

영원한 것이 없는 인간사를 지켜보며 유장한 세월을 꿋꿋하게 위엄을 유지하는 석조 다리에 비하면 형편없이 초라한 나무배일 뿐이다. 그러나 갯배가 실어 나른 사람들의 역사는 전쟁과 죽음, 사랑과 미움, 그리움과 인내의 세상사를 모두 담고 있다. 고요한 호수를 바라보며 고향에 두고 온 가족을 생각하던 눈물이며, 흰 구름 흐르는 하늘을 쳐다보며 살아갈 일을 걱정하며 한숨짓던 가슴이며, 꼭 함께 고향 땅을 밟자던 피를 나눈 형제 같은 이웃이 허무하게 세상 떠날 때, 끝없는 슬픔을 안으로 삭이던 사람들의 가슴을 훤히 보았던 갯배이다.

최근 갯배를 타는 사람들은 대부분 한 번씩 호기심으로 배에 오른다. 폭이 오십여 미터의 짧은 운행 시간을 아쉬워하며 더러는 열악한 도선의 모양에 실망도 한다.

나는 청호동에 사는 친구를 만나러 갈 때마다 갯배를 탔었다. 사람, 자전거, 손수레, 강아지도 함께 타는 갯배가 움직일 때 쇠줄을 당기면 어쩐지 서글펐다. 무언가 근거 없는 슬픔이 밀려들곤 하였는데, 나이 들고 보니 그것은 갯배에 배어 있는 사람들의 역사였다.

갯배의 주변은 점차 변한다. 관광객을 위한 쉼터와 편리한 시설들이 생긴다. 그러나 갯배의 모양은 좀처럼 변함이 없다. 쇠줄을 당기면 움직이는 옛 모습 그대로이다. 다만 예전의 갯배에는 생선이 담긴 함지와 함께 비린내 밴 옷을 입은 사람들이 탔지만 지금은 색색의 옷을 입은 관광객들이다. 갯배는 생활을 위한 운송도구에서 휴식과 관광의 볼거리로 역사를 다시 쓰고 있다.

모래톱에 갇힌 호수와 휴전선에 막힌 실향민. 갯배는 그들의 사연을 고스란히 간직한 채 관광객을 맞는다. 갈매기들이 뱃전을 날며 나그네들에게서 먹잇감을 찾을 때, 갯배는 옛사람들이 그립다. '아바이'를 부르던 사람들이 왁자지껄 갯배에 오르던 모습이 눈앞에 선연하다. 눈이 시리도록 파란 하늘의 흰 구름은 그 마음을 아는지 북으로, 북으로 흐른다.

유리벽

6차선 도로변에 상가가 즐비하다. 구경거리가 많은 그곳을 지날 때마다 눈이 즐겁다. 버스 정거장이 있는 뒤편으로 가구점이 있다. 기다리는 버스가 늦어져도 투명한 유리벽 속을 들여다보느라 지루하지 않다.

나전칠기 장롱은 언제나 내 눈길을 끌어들인다. 시냇가에 우두커니 서 있는 두 마리 사슴의 눈빛이 선하다. 늘어진 버드나무 아래 놓인 평상에 가서 앉아 보고 싶다. 졸졸졸 시냇물 흐르는 소리가 환청으로 들리고 두둥실 떠 있는 조각 구름도 한가롭다.

저 장롱이 우리 집 안방에 들어온다면 나는 아무런 일도 할 수 없을 것 같다. 신선 놀음에 도끼 자루 썩는 줄 모른다는 속담처럼 나도 장롱 속의 풍경에 푹 빠져서 시간 가는 줄 모르리라. 차라리 유리창을 통해 잠깐씩 즐길 수 있도록 그 자리를 오래도록 지키고 있었으면 좋겠다.

가구점 바로 옆 가게는 손바닥만 한 속옷이 색깔별로 유리벽에 걸려 있다. 화려한 꽃처럼 보이는 브래지어도 크기와 모양이 다양하다. '패션의 시작은 속옷에서부터' 신선한 문구도 써 붙였다. 그런데 카운터 앞에 마주 앉은 부부의 표정이 어둡다. 경영의 어려움을 걱정하는 건 아닐까.

불고기 집도 벽 전체가 유리이다. 들여다보지 않으려 애쓰지만 눈길이 자꾸만 끌린다. 항상 손님들로 북적이는 걸 보면 주인은 유리벽을 의도적으로 설치한 것이 분명하다.

번화한 상가를 벗어난 뒷골목에도 몇 군데 가게가 있다. 수족관 앞을 바쁘게 지나치기가 섭섭하다. 어항 속이 별천지이다. 볼그람, 스마트라, 블랙 데뜨라… 물고기 종류도 많지만 조화롭게 꾸며진 조형물들도 마치 살아 있는 듯 물속에서 살랑거린다. 형광 불빛 때문에 밤도 낮도 분간하지 못하는 키싱은 서로 마주칠 때마다 뽀뽀를 한다. 먹이통에 실지렁이가 그득하다. 그런데도 내가 다가서면 우르르 고기떼가 모여든다. 색다른 먹이를 요구하는 저들에게 나는 미안할 뿐이다.

상가에서 가뿐하던 발걸음이 우리 집 골목 어귀에 들어서면 무거워진다. 전형적인 주택가인 우리 집 주변에는 단독주택이 많다. 모두 높은 콘크리트 벽 속에 있는 저택이다. 내가 살고 있는 공동주택 바로 옆집도 담이 높다. 나는 그 집의 주인과 대화를 해 본 적이 없다. 어쩌다 얼굴이 마주치면 순식간에 시선을 돌리며 집 안으로 들어가 버린다. 어느 때는 내가 뭔가 잘못한 것이라도 있는가 묻고 싶어진다.

　그 집 주인도 때로는 답답할 것이라고 나는 생각한다. 정원 가득 장미가 피었을 때 와서 꽃향기를 맡으며 차 한잔 마시자고 이야기하고 싶을 것 같다. 정원의 라일락은 담을 넘어 우리 연립 마당으로 가지를 뻗는다. 감나무도 담 밖에서 주렁주렁 감을 달았다. 넓은 잔디밭 잡초를 뽑고 예쁜 야생화들을 심어서 즐기는 쪽은 우리 연립의 위층 사람들이다.

　사람이 사는 공간을 유리처럼 투명하게 할 수는 없다. 그러나 마음에까지 벽을 쌓고 사는 일은 슬픈 일이다. 벽 하나 그것이 사람과 사람을 단절시킨다. 가족도, 친구도, 없는 한 청년이 벽 하나를 사이에 두고 옆방에 사는 여인을 흠모한다. 청년의 표현에 의하면 '천사 같은 아름다움'을 지니고 있는 그 여인과 종종 층계에서 마주친다. 몹시 추운 크리스마스 이브에 청년이 목을 매어 자살을 한다. 왜 그렇게 할 수밖에 없었는지, 청년은 사연을 남겨 놓았다. 쓸쓸함과 외로움, 그리고 추위에 떨고 있는 그 밤에 옆방으로부터 삐걱거리는 소리와 격한 숨소리가 들렸다. 적어도 한 시간이 넘도록. 청년에게 그 소리는 관능의 헐떡임이었다. '내 가슴을 뒤집어 놓는 듯하고 다시는 상대하고 싶지 않은 그 추악한 세계'를 상상하며 청년은 죽음을 택한 것이었다. 다음 날 아침 여인 역시 싸늘한 죽음으로 사람들 앞에 공개된다. 여인은 비소 음독이었다. 여인도 극도의 고독감에서 벗어나고자 그 길을 택한다는 글을 남겼다. 청년이 듣고 추악한 장면을 상상했던 소리는 여인이 음독을 하고 고통스러워하는 몸부림이었다. 프랑스 작가 로맹가리의 ≪벽≫이라는 소설 속 이야기지만 현실인 것처럼 두고두고 여운이 남는다. 주변을 떠올려 단절된 이웃과 소통하고 싶은 생각도 고개를 든다.

작은 평수이지만 나는 우리 집 거실의 유리문을 사랑한다. 한없이 넓은 하늘을 볼 수 있고, 먼 산도 바라볼 수 있다. 산 너머 하늘이 유리처럼 투명하다. 하늘 위에서 보면 이 세상이 번화한 상가처럼 유리벽 속의 풍경처럼 재미있을 것이다. 창가를 스치는 바람이 보이지 않는 손으로 나뭇가지를 흔든다.

제 4 부

아버지의 산

사람이 정성들여 가꾸지 않아도 하늘과 땅, 우주의 바람과 비가 자연스럽게 가꾸는 아버지의 정원을 생각하면 흐뭇한 미소가 저절로 입가에 번진다. 아버지의 산보다 더 아름다운 가을은 어디에서건 만날 수 없다.

가을 나비

금빛 솔잎이 우수수 쏟아져 내린다. 머리에도, 어깨에도. 누군가 꽃잎 대신 뿌려 주는 축하 이벤트인 양 입이 벙글거려진다. 그리고 보니 발밑에는 어느새 온 산길에 흙이 보이지 않도록 소나무 낙엽이 떨어져 덮였다. 그저 할 일 없어 산책을 나선 남루한 옷차림의 나그네일 뿐인데 이 무슨 환대인가. 귀한 손님을 맞아들이듯 나무들은 바람이 지날 때마다 몸을 일렁이며 낙엽을 털어 내린다.

상수리, 갈참나무의 낙엽들은 어느새 사람들의 발에 밟혀 반들반들 닳았다. 나무 사이로 비껴드는 햇살을 받으며 낙엽들은 퇴색한 윤기를 얻는다. 간간이 섞인 고운 색의 단풍잎들과 어울려 슬프도록 아름다운, 그 길 위에 나비 한 마리가 날고 있다. 아니, 날지도 못하고 날개를 접고 마른 나뭇잎에 앉아 볕 바라기를 한다.

나비는 봄날에 어울린다. 파릇한 싹이 돋고 아지랑이가 대지를 덮을 때, 나풀나풀 날아다니는 나비는 춥고 긴 겨울의 끝을 알린다. 논둑 위의 푸른빛을 따라, 산 속의 붉은 진달래꽃 숲을 춤추며, 언덕마다 노랗게 물결을 이루는 개나리꽃 동산을 환희의 몸짓으로 팔랑거리는 나비들 때문에 봄꽃들은 또 앞 다투어 피어난다. 밝고 싱그러운 봄날의 나비들은 그렇게 귀여운 상징으로 차디찬 겨울을 밀어낸다.

녹음 짙은 6, 7월에 접어들면서 나비들은 더욱 화려한 색깔의 옷을 입는다. 제비나비, 호랑나비, 부전나비, 팔랑나비. 심지어 흰나비 노랑나비까지도 붉은 점, 검은 점으로 치장을 한다. 장미꽃 그윽한 향기에 취하여 한껏 멋을 부리는지도 모른다.

어느덧 입추와 처서를 지나면서 나비는 보기 드물어진다. 간혹 보이면 반가워 손가락질을 하는 아이들을 따라 나도 눈길을 주게 된다. 그러나 그때의 나비는 날개가 무겁다. 잠자리처럼 높이 날지도, 참새들처럼 바지런히 날지도 못한다. 날다가 나무에 앉고, 날다가 사위어가는 나뭇잎에도 내려앉는다. 그마저도 아침과 저녁으로 바람이 차가워지고 먼 산에 서리가 내리기 시작하면 나비는 자취를 감춘다. 멀지 않아 떨어져 내릴 나뭇잎에 후세를 점지해 놓고 나비들은 어디로 가는 것일까.

지금은 11월 초순이다. 벌써 기습 한파도 두 차례 거쳐 갔다. 나무 사이로 바람이 지날 때마다 마른 잎들이 파르르 떨고 있다. 억새풀은 높고 시린 하늘을 향하여 그리움의 손짓을 하고, 쓸쓸한 내 마음에도 슬픈 바람이 일어 빈 들판에 홀로 서 있는 것 같은데, 철을 잃은 나비 한 마리가 눈앞에서 발을 잡고 놓아주질 않는다.

혹시 마지막 몸짓을 하고 있는가. 그렇다면 장엄한 시선을 보내 주어야 하리라. 모든 벌레들이 제 구멍을 파고 들어갔다. 사람들 의 발에 밟히어 구르는 가랑잎도 뿌리로 돌아가는 중이다. 모든 생명은 시작이 있고 끝이 있다. 시작이 숙연하듯 최후 또한 엄숙 히 순응하여야 한다. 그런데 어찌 이리도 마음이 아픈가. 피할 수 없이 가야 할 길, 진작 떠날 것이지. 지난번 추위를 어떻게 견디었으며, 고목을 쓰러뜨린 태풍에는 또 어디에서 그 고난을 피하였을까.

나비에게 마음이 있다면 최후의 순간에 어떤 생각을 할지 궁금 하다. 사람들이 그런 것처럼 자손에 대한 염려, 꿋꿋이 살아내지 못한 생애의 연민, 이루지 못한 꿈의 미련, 얼마나 행복했는지 혹은 불행했는지, 내세의 의구(疑懼), 그런 복잡한 생각들은 하지 않을 것이니 나비는 한결 가볍게 떠날 수 있을 것이다. 제발 싱그 러웠던 날들의 기억을 안고 홀연히 떠날 수 있기를 나는 잠시 기 도할 뿐이다.

해가 짧은 늦가을, 산 속에는 어느새 볕이 엷다. 밤이 되면 서리 가 내릴지도 모른다. 나는 나의 갈 길을 가기 위해 산을 내려가야 한다. 나비가 어찌되든 시간은 무심히 흐르고, 나뭇잎은 어디론 가 날리어 나비도 흔적 없이 사라질 것이 아닌가. 나는 날개 접고 앉은 채 꼼짝도 하지 않는 나비를 뒤에 남기고 발걸음을 조심스럽게 떼어 놓는데, 어쩐지 발걸음이 무겁다. 고왔던 호랑 무늬 빛깔은 많이 흐려졌지만 두 날개를 고스란히 간직한 것이 그나마 위안이 된다.

　이 가을, 쇠잔한 모습의 생명이 어디 나비뿐인가. 흰머리 성성하고 윤기 잃은 안색과 좁아진 어깨. 세월의 계절을 돌고 돌아 마침내 가을의 나이에 든 여인, 그래서 나는 나비의 귀일(歸一) 의식 앞에서 유난히 정숙해지고 싶다. 산 그림자 짙어진 하산 길에 후둑후둑 낙엽 비가 내린다. 빈 들판이 차라리 한가롭다. 이미 정리를 끝낸 가을걷이로 논밭은 한유(閑裕)를 얻었나보다.

만남과 헤어짐

(1)

세 사람을 태운 자동차가 멀어져 간다. 그리고 아주 보이지 않는다. 3일 전에 와서 내내 함께 시간을 보낸 교우들이다. 4월에 피어나는 벚꽃 길을 지나며 탄성을 발하였다. 봄 바다의 청록색 빛깔을 배경으로 사진도 찍었다.

그들은 집으로 돌아가고 나만 홀로 남았다. 쓸쓸함이 한꺼번에 몰려든다. 떠나는 사람도 마음이 편치 않겠지만 남아 있는 나의 마음은 추수 끝낸 빈 밭처럼 허전하다. 허허로운 가슴팍에 황량한 바람까지 지나가는 기분이다.

저들과 나 사이가 언제부터 이처럼 도타워졌을까. 만나고 헤어짐이 날마다 이어지는 일상 속에서 유독 가슴 허전히 느껴지는 이별의 이유는 우리의 돈독한 친밀감 때문일 것이다. 나이를 불문하고 같은 교회 안에서 신앙 생활을 통하여 아픔과 기쁨에 동참했다. 좋은 곳이면 함께 가보고, 맛있는 음식이면 같이 먹었다.

그렇지만 우리가 처음부터 그렇게 가까운 사이는 아니었다. 너는 너, 나는 나, 서로 소 닭 보듯 하던 사람들이었다. 누가 먼저 마음을 열고 다가 왔는지도 알 수 없다. 어느 때부터인지 우리는 자주 만나고 싶었고 함께 여행을 하자고 입을 모았다. 만나면 떨어지기 싫고 헤어지면서 이내 다시 만나고 싶은 우리의 결속력은 역설적으로 우리가 자주 만날 수 없기 때문이다. 학교에 다니는 아이들 뒤치다꺼리, 사업하는 남편을 돕느라, 손주 키우느라, 두 달 석 달 만에 모임을 갖기도 힘이 들었다. 노을이 온통 서쪽 하늘을 붉게 물들이는 것처럼 서로를 향한 그리움이 우리의 마음을 빨갛게 물들이고서야 우리는 만날 수 있었다.

나는 멀어져간 사람들이 벌써 보고 싶다. 헤어져서 한 시간도 지나지 않았지만 다시 만나기까지 얼마나 더 그리움을 키워야 할지 모르기 때문이다.

(2)

이제 모임에 계속 나올 수가 없다고 말하는 내 목소리가 개미 소리보다 더 작다. 마음과 다른 말을 하려니 그럴 수밖에 없다. 십오 년 넘게 이어 온 모임에서 빠져나오려니 어쩐지 낙오자가 된 기분이다.

지금보다 훨씬 앳된 모습이었던 세 사람과 처음 만나던 때로 돌아가고 싶다. 그날 나는 설렘과 망설임으로 문화센터에 갔었다.

수필 강좌에 입문하는 설레임이었으며 과연 글을 쓸 수 있을까 망설여지기도 했다.

강의실에 나와 앉은 사람들의 표정도 모두 상기되어 있었다. 그러나 횟수가 늘어갈수록 인원은 자꾸 줄어갔다. 3개월 간의 정해진 과정이 끝났을 때 남은 사람이 다섯 손가락으로 꼽을 수 있었다. 그중에서도 계속 공부하고 싶은 회원은 앞 기수의 남은 모임에 합류가 되었다. 그러니까 나는 후배이면서 그들 모임에 끼어든 것이다. 낯설고 어색해하는 나를 선배들은 따뜻이 맞아 주었다.

둘러앉으면 꽤 웅성웅성하던 모임도 차차 한 명씩 하차를 하고 지금까지 유지되어 오던 4명 가운데 내가 빠지게 되었다. 지금까지의 세월이 십오 년이다.

그동안 모임이 중단되었던 적도 있었다. 몇 개월 쉬었다가 다시 만나기도 하고, 두 해인가 연락 두절로 지내기도 하였다. 그러나 우리는 그때마다 기어이 무슨 핑계를 찾아내어 또다시 서로를 끌어안았다. 우리의 만남을 결속시키는 매개는 언제나 우리가 함께한 시간이었다. 우리가 얼마나 오랜 동안 함께했는데 이대로 끝을 낼 수 있느냐며, 세상 끝나는 날까지 모임을 해체하지 말 것을 다짐하곤 하였다.

내가 빠져도 세 사람은 헤어지지 말자고 약속을 한다. 그리고 나와 손을 잡는다. 나 혼자 그들에게서 떨어져 나온다는 생각 때문일까, 나는 그들과 잡은 손을 놓고 싶지 않다. 아니 놓아지지 않는다. 흡사 끈끈한 점액이 그들의 손과 내 손가락 사이에서 흘러나와 엉겨 붙은 것처럼 서로의 손이 놓아지지 않았다.

언제 또 볼 수 있을까. 다시 만날 때 우리의 모습은 어떻게 달라져 있을까. 그들과 헤어진 지 겨우 한 달인데, 내게는 일 년이 넘은 듯하다.

사람과 사람에게 만남과 헤어짐은 정을 쌓고 정을 허무는 마음의 노동이 아닐까. 그렇지만 만남과 헤어짐은 피할 수 없는 우리 삶의 과정이 아닌가. 피할 수 없으면 즐기라는 말이 있다. 그 말은 피할 수 없는 과정을 수용하고 누리라는 뜻이리라. 기뻐하고 슬픈 일을 반복하다 보면 마음에도 면역이 생겨 영영 떠나게 될 때 홀가분하게 갈 수 있을지도 모른다. 삶의 여정이라는 긴 시간 속의 징검다리처럼, 나는 만남과 헤어짐을 낭만으로 건너가고 건너오리라. 많은 이야기들을 엮어가면서….

기러기 아빠

안산의 중앙로, 빌딩이 숲을 이루었다. 백화점과 대형 마트, 구두점, 음식점과 주점 등이 즐비하다. 건물에서 새어 나오는 빛이 창연하다. 햇살 밝은 낮에도 속속들이 내면을 드러내고 싶은 욕망의 불빛이다. 어둠이 깊은 사위 속에서 그 불빛들은 더 명확하게 자신의 존재를 자리매김한다.

아우가 기거하는 15층 오피스텔에도 층층마다 불빛이 밝다. 그 중의 11층. 유난히 캄캄한 창이 눈에 들어온다. 거대한 공룡의 몸체 같은 건물이 살아 꿈틀거리는데, 그 칠흑 같은 창문 때문에 눈을 꼭 감고 있는 형상이다.

수년을 가족과 떨어져 홀로 문을 열고 들어가 고단한 육신을 눕히는 동생은 기러기 아빠이다. 지금 어둠이 차지하고 있는 집이 아우의 거처이다. 새벽이 새파랗게 누리에 퍼지기도 전에 그의 방은 빈 둥지가 된다. 아니, 외로움과 기다림이 아우 대신 들어앉는 공간이다.

텁텁하지만 구수한 된장찌개는 어떻게 끓이느냐, 미역국은 어떻게 끓여야 시원하고 부드러운 맛이 나느냐, 가끔 아우가 나에게 전화로 물어 오는 말이다. 결혼하기 전까지 내가 해주는 밥을 먹었던 그의 입맛은 나의 반찬 맛에 길들여졌다. 그런 아우를 생각하며 나는 종종 그의 집에 들른다. 그는 우리 일곱 남매 중 막내이다.

밑반찬 몇 가지 해놓고 아우를 기다리는 시간이 지루하다. 손자들이 쿵쾅거리고 수저 소리가 달그락거리는 내 집에 비하면 그의 집은 적막하다. 마치 머나먼 섬에 홀로 있는 듯 막막해진다. 방안에 불을 밝혀도 그 빛은 오롯이 혼자인 것을 증명할 뿐이다. 불을 끄고 창밖을 보는 편이 더 위로가 된다. 무수한 불빛들이 이웃인 듯 다가오고 밤하늘의 별빛도 다정하다. 아우가 이렇게 외로움을 달래겠구나 짐작한다.

자정이 넘고 창밖의 불빛들이 하나씩 꺼진 후에야 아우가 들어온다. 직장 생활과 자기 사업, 두 가지 일을 하느라 그의 어깨에 피곤이 무겁다. 그리 하지 않으면 아이들 학비와 생활비를 보낼 수 없다.

학업 중인 아이들은 어쩔 수 없더라도 아내는 불러들이라고 내가 성화를 한다. 그러면 아우는 외로움을 느낄 여유도, 생활의 불편을 불평할 겨를도 없다고 말한다. 다만 필연의 쳇바퀴가 돌고 있으니 순응할 수밖에 없다는 것이다. 돈독한 신앙만이 그의 삶의 버팀목이다.

아우는 이내 깊은 잠에 들었다. 나는 또 불면증이 도진다. 어릴 적의 막내 모습이 떠오른다. 부모님의 막내 사랑은 특별하였다. 특히 아버지의 막내 사랑은 다른 형제들의 시샘을 받기에 충분하였다. 당시로는 만져보기 어려운 운동화며 야구 글로브와 방망이를 그 아이 품에 안겨 주던 날, 우리 세 자매는 그 아이를 불러내었다. 울다가 지쳐 잠이 들 때까지 몰매를 가하던 누나들 중에서 내가 가장 심했다고 동생은 두고두고 곱씹는다.

그러나 아우의 학창 시절은 험난하였다. 기울어진 집안 형편으로 중고등학교 과정을 검정고시로 마쳤다. 대학도 전 학년 장학금을 제공하는 학교에 입학하였다. 직장에 들어가고 가정을 이룰 때까지 내 집에서 지낸 것도 제 마음에는 편치 않았으리라.

직장에서 외국 출장이 잦았다. 그러더니 미국 주재 발령이 났다. 가족 모두의 미국 생활이 시작되었다. 두 딸이 그곳 학교에 적응하여 갈 무렵 또다시 귀국 발령을 받았다. 아이들과 아내를 남겨두고 아우만 떨어져 나왔다. 피할 수 없이 기러기 아빠가 되었다.

운명의 얼개가 얽히고 섞이는 것이 가족이다. 억겁 인연의 끈이 닿아야 가족이 된다. 시냇물이 모여 바다를 이루듯 겹겹의 인연이 가정을 이루는 것이다. 그래서일까, 가정이라는 말 속에는 측정할 수 없는 그리움이 담겨 있다. 끝없는 향수를 자아내는 바다와 같이 언제라도 돌아가 쉬고 싶어지는 공간인 것이다.

아우도 일 년에 두 번씩은 비행기를 탄다. 산을 넘고 바다를 건너는 기러기처럼 머나먼 하늘을 날아간다. 피곤을 날갯짓하며 가족의 얼굴을 그려본다.

최근에는 불황의 삭풍이 불고 있다. 그 찬바람을 뚫고 앞으로 달리는 어깨가 어느 때보다 무겁다. 어쩌면 꿈속에서조차 그는 날아가는 꿈을 꾸고 있을지도 모른다.

푸른빛 새벽이 창 앞을 기웃거린다. '일어나세요.' 알람시계가 말을 한다. 겨우 네 시간 수면을 취한 아우가 몸을 일으킨다. 잠자는 시간이 가장 행복하다고 중얼거린다. 단잠, 얼마나 귀한 휴식인가. 하루의 수고가 마무리되는 순간이며 다음날을 위한 충전이다.

기러기 아빠, 겨울이 깊으면 봄이 멀지 않다. 고단한 날개 쉼을 얻을 날이 곧 오리라. 젊은 날의 수고가 튼실한 열매로 보답되리라. 나의 기원을 받으며 아우는 현관을 나선다. 차가운 겨울바람이 아우를 휘감고 지나간다.

아버지의 산

　설악산 자락 한 모퉁이에 아버지가 계신다. 대숲에서 이는 바람 소리가 청정하고 따사로운 햇살이 은혜롭게 비쳐드는 언덕이다. 세속에서 어떤 일이 일어나건 아무런 상관없이 새들이 지저귀고 철을 따라 꽃이 피고 지는 곳이다. 흙 요를 깔고 풀 이불을 덮고 어머니와 나란히 누워 계신다.

　아버지께로 가는 길은 산등성이를 몇 번 휘돌아야 한다. 어깨를 넘는 갈대숲을 만난다. 숲 사이에 숨어 흐르는 물소리도 나지막이 들린다. 발이 젖어들고 숨이 차올라도 싫지 않은 산행이다.

　그곳은 아버지의 기력이 웬만하실 때까지 약초를 캐며 벌을 치던, 아버지의 생활 근거지였다. 등에 배낭을 지고 굵은 나무 등걸을 손에 들고 나타나시던 그 무렵의 아버지 표정에는 언제나 넉넉한 웃음기가 있었다. 산사람으로 지내는 것이 더할 나위 없이 좋다는 말씀도 자주 하셨다.

눈, 비만 겨우 막을 수 있는 움막에서 보름, 달포를 자연의 품속에 계셨다. 그리고 당신이 아주 가실 곳으로 그 산을 정해 놓으셨다. 볕이 좋은 곳이라 토끼가 놀러 오고 꽃도 지천으로 핀다고 흡족해하시면서. 그 말씀을 하실 때 나는 그 일이 까마득히 먼 후일의 일이려니 생각했다.

평소에 눈이 짓무르도록 보고 싶은 자식들이 모두 모인 추석날 아침이었다. 상다리가 휘어지게 상을 차리고 아버지가 나오시기를 기다리다 아버지를 불렀을 때 아버지는 대답이 없으셨다. 자식들 다 모이기를 작정이라도 하신 듯 말씀 한마디 없이 홀로 다시 오지 못 할 길을 떠나신 것이다.

갑자기라고 말할 수는 없다. 팔십 해를 넘기신 연세에 시나브로 잦아져 가랑잎처럼 가벼워진 몸집, 수저를 놓기 바쁘게 자리로 가셔서 이내 잠 속으로 빠지던 모습 등이 이미 영면을 위한 징후인 것을 미련한 자식들이 알아차리지 못하였을 뿐이다.

아버지께서 세상과의 끈을 놓았다는 말을 들었을 때 나는 믿을 수가 없었다. 아니, 무슨 말을 하는지 알아들을 수가 없었다. 그러나 두어 번 아버지를 크게 불러본 것으로 이제는 내 곁의 아버지가 아니라는 사실을 시인하여야 했다. 항변도, 몸부림도, 아무런 소용 없이 아버지와의 이별을 받아들였다.

검은 색 띠를 두른 버스가 가을 들판을 숨 가쁘게 달렸다. 가을 들판 논바닥 군데군데에 허수아비가 서 있었다. 챙이 날아가 버린 밀짚모자와 찢어져 펄럭거리는 옷자락. 허풍스레 벌린 팔에 긴 끈을 사방으로 늘어뜨렸다. 빈 깡통을 요란하게 달그락거리지만 우르르 몰려드는 새떼는 겁을 내기는커녕 신경도 쓰지 않았다.

산다는 것이 허수아비 노릇이라는 생각이 들었다. 분주한 수고가 끝나는 날, 쌀 한 톨의 소유조차 허락받지 못한 존재. 가을걷이가 마무리되면 남루한 옷가지와 함께 푸석한 재로 남을 마른 막대기. 사람의 그림자 같은 허수아비 때문에 마음속에서 슬픔이 요동을 쳤다.

그러나 아버지의 영원한 안식처에 도착하고 나는 마음을 고쳐먹었다. 단풍이 화려한 카펫이 되어 능선을 덮었다. 산국화도 드문드문 함초롬하였다. 대밭에서 서걱거리는 소리도 오래 기다리던 친구를 반겼다.

심지 않아도 꽃은 계절을 따라 피고 진다. 벌들이 꽃을 따라 날아올 것이다. 아버지 생전에 자식처럼 아끼던 꿀벌이 아니던가. 탁세(濁世)의 근심과 걱정은 산 아래에 던져 놓고 아버지는 그 산의 주인이 되셨다.

그 산에 가고 싶다고 얼마나 조르셨던가. 그때마다 자식들은 만류했다. 소진한 기력으로 어찌 가시겠느냐 염려하는 척, 어느 자식 하나 동행하여 모실 시간을 내지 않았다. 그런데 어느 누구의 저지도 없이 산은 아버지를 품어 누이었다.

어젯밤 꿈길에서 아버지를 만났다. 산신령처럼 굵다란 나무 등걸을 들고 계셨다. 나를 보시더니 "겨울 준비 단단히 해라!" 하시고는 만산홍엽(滿山紅葉)의 숲속으로 들어가셨다.

꿈에서 깨어나 가을이 깊었다는 사실에 닿았다. 아버지의 유택을 둘러싼 산야에 물들었을 단풍이 연상된다. 아버지를 닮아 추위를 많이 타는 딸을 염려하시면서도 아버지의 정원을 은근히 자랑하고 싶으신 건 아닐까. 그러기에 꿈속에서 본 산의 색깔이 유난했다.

사람이 정성들여 가꾸지 않아도 하늘과 땅, 우주의 바람과 비가 자연스럽게 가꾸는 아버지의 정원을 생각하면 흐뭇한 미소가 저절로 입가에 번진다. 아버지의 산보다 더 아름다운 가을은 어디에서건 만날 수 없다. 나는 그것만 생각하면 이 가을이 행복하다.

바람에게

가을 햇살 아래 갈대가 나부낍니다. 먼 하늘에 기도의 말을 속삭이는가 가냘픈 몸이 흔들립니다. 당신을 받아 안았다가, 가면 가는대로 놓아주는 흰빛의 무리가 처연하면서도 아름답습니다.

소리 없이 왔다가 흔적 없이 사라지는 것이 당신의 자취입니다. 그래서인지 나는 갈대밭에 서면 고요한 그리움을 느낍니다. 그리고 어디서 오는지, 어디로 가는지 알 수 없는 당신을 따라 훌쩍 떠나고 싶어집니다.

호수 위에서 당신은 은 비늘 금 비늘을 흩뿌립니다. 너울너울한 춤사위로 물살을 일으킵니다. 강둑 위로 올라 키 큰 미루나무 가지를 흔들어 봅니다. 놀란 잎새들이 저마다 소리를 내겠다고 팔랑거리지만 햇살을 받은 이파리들의 팔랑거림은 소리보다 빛깔로 더 아름답습니다.

스쳐 지나는 당신의 움직임을 따라 물빛은 색깔이 바뀝니다.

겨울날의 바다 물빛은 한 종지 떠다가 글씨를 써보고 싶도록 진한 잉크색입니다. 파릇파릇한 새싹이 고개를 드는 봄날의 시냇물 빛깔은 어머니 젖빛처럼 뽀얗습니다. 황토를 파헤치며 비가 쏟아지는 장마철에 강물은 시름 깊은 탁류로 흐릅니다. 서늘하게 하늘을 드높이는 가을이 되어서야 샛강의 물빛은 비로소 투명해집니다.

일출의 바다에서 일몰의 바다로 거침없이 오고 가는 당신은 꽃소식을 남에서 북녘으로, 단풍을 북에서 남쪽으로 실어 올리기도 하고 끌어 내리기도 합니다. 그런 당신에게 사람들은 정겨운 이름을 주었습니다. 하늬바람, 높새바람, 샛바람, 강바람, 산바람, 미풍, 선풍. 방향과 장소, 계절과 분위기를 따라 많이도 불리우는 이름들을 당신은 기억하고 있을는지요.

허공 속에서 저 홀로 흐르는 대기일 뿐인데 당신이 일렁일 때마다 내 마음에는 겹겹이 파도가 밀려듭니다. 당신의 '소리' 때문입니다. 쏴아, 가슴팍을 훑고 지나가는 솔잎의 흔들림, 대밭에서 술렁거리는 잎사귀들의 움직임, 호수 위의 물안개를 몰고 가는 고요한 당신의 소리들이 일파만파의 파고를 내 마음속에 일으키는 것입니다.

당신이 스쳐 지나가는 소리를 들을 때마다 나는 당신을 따르고 싶습니다. 무겁고 어두운 굴레 속에 웅크리고 있는 내 속에서 뛰어 나와 훨훨 날아가고 싶습니다. 산으로 바다로, 만남도 이별도 없는 먼 먼 곳으로 자유로이 가고 싶은 것이지요.

당신의 기질을 사모한 벌일까요? 내 귓속에서 바람소리가 들립니다. 소나무 숲을 지나가는 소리 같기도 하고 바람을 가르며 달려가는 기차 소리 같기도 합니다.

'이명(耳鳴)'이라는 조금 낯선 병명을 대하고 병원을 나서며 나는 당신의 자락이라도 잡고 통사정을 하려 하였습니다. 보이지 않고 잡히지 않는 소리에서 자유롭고 싶으니 나에게서 떠나가 달라고. 그런데 애원하면 할수록 소리는 더욱 집요합니다. 주변이 조용하다 싶으면 어김없이 귓속에서 쏵쏵 소리가 시작됩니다. 잠을 잘 수가 없습니다. 잠이 들었다가도 달려오는 기차 소리 때문에 화들짝 놀라 깨어납니다. 아니, 세찬 바람이 부는 언덕에 홀로 서 있는 나무가 휘청거리는 소리를 내듯 나도 쓰러져 울고 싶습니다.

모든 사람들이 잠들고 바쁘게 달리던 자동차들도 멈추어 서고 밤하늘의 별빛조차 보이지 않던 밤, 나만이 바람 소리에 시달리다가 당신은 한 곳에 오래 머물지 않는 성질을 지닌 것에 생각이 닿았습니다. 그리고 난치성이라고 하지만 내 귓속의 바람 소리도 어느 날인가 사라질 것이라 믿게 되었습니다.

차라리 조금 비껴서 상상 속의 산책을 하기로 하였습니다. 물오리 떼 노니는 강가, 흰 포말 부서지는 바다, 대나무 우우거리는 숲 속, 아득한 그리움이 일렁이는 갈대 언덕. 소리를 따라 가노라니 평소 가고 싶었던 곳이 하나씩 눈앞으로 다가옵니다. 경이로운 광경입니다.

무소부재, 전지전능의 경지에서 사람들의 삶을 스쳐 지나는 성

품으로 훑고 가는 당신을 경외하여야 옳았습니다. 닮고 싶은 건 오만이었습니다. 겸허치 못한 내면이 들여다보였습니다.

그리고 보니 이 밤에도 당신의 기척은 간간이 창을 흔듭니다. 동짓달 기나긴 밤 허리쯤인데 하늘 닿는 어느 산간에선 눈바람이 일고 있겠지요. 봄이 기다려집니다. 귓속바람 더불어 꿈속을 헤매려 합니다. 혹시 꿈속이라도 버들강아지 움트는 강가를 배회할지도 모르겠습니다.

산다는 것이 날마다 바람 속입니다. 시공(時空)과 상관없이 사람살이와 함께하는 그 바람 속에서 울고 웃으며 살아갈 수밖에 없습니다. 창세부터 영원까지 불변하는 당신에게 아첨을 합니다.

이 밤 간구하기는 내 귓속 바람 소리를 걷어가 저 바다 속처럼 적막하게 하옵소서. 하룻밤이라도 누가 업어 가도 모를 만큼 단잠을 자고 싶습니다. 그런데 창을 흔드는 바람, 당신은 참으로 냉랭하기만 합니다. 쏴아, 귓속바람까지 화답을 합니다.

시실리(時失里)

시간은 오는 것일까. 가는 것일까.

시계 속을 가만히 보고 있으면 시계 바늘이 다람쥐 쳇바퀴 돌듯 돌기만 한다. 가는 것도 아니고 오는 것도 아니다. 어릴 때 부르던 동요가 생각난다. 고추 먹고 맴맴, 담배 먹고 맴맴.

관악산이 훤히 보이는 방배동에 살 때 비행기 길이 그 산 위로 있어 하루에도 수십 차례 비행기가 오고 가는 것이 보였다. 먼 곳으로 떠나는 비행기는 파란 하늘을 향하여 높이 뜨고, 김포공항에 기착할 비행기는 산에 부딪힐 듯 낮게 날아왔다.

가끔 어머니가 우리 집에 오시면 창문 앞에 앉아 하늘에서 눈을 떼지 않으셨다. "저기 또 간다!" 비행기라는 앞 단어는 잊어버리고 손가락만 높이 쳐들고 꼭 너덧 살 아이 같은 모습이었다. 어떤 날은 하루 종일 창가를 지키며 천진스럽게 시간을 보내셨다.

내가 몇 번이고 저건 오는 비행기이고 저건 가는 비행기라고 일러 드려도 어머니는 내 말에는 아무 관심도 없으셨다. 그저 빙 긋 웃을 뿐이었다. 그때에는 세상살이 팔십 해를 넘기시느라 사소한 것에 신경 쓰고 싶지 않다는 뜻이라고 생각했다.

새삼스럽게 그때의 어머니 모습을 떠올려보는 것은 시간에 대한 내 생각 때문이다. 최근의 나에게 시간은 가는 것일 뿐, 온다는 개념이 없다. 자고 나면 맞이할 내일도 가기 위해 오는 것이니 가는 과정이라는 쪽에 마음이 실린다.

꿈을 향하여 달려가는 사람들에게 시간은 오는 것일 게다. 오지 않을 것만 같은 그날이 드디어 오고야 말았다고, 우리 집 큰아들은 군에서 제대하는 날 두 손을 높이 들고 환호성을 질렀다. 그날이 오면, 그날이 오면. 운동선수들은 이마에 구슬땀을 흘리며 디데이를 꼽는다.

목표를 위해서 많은 시간을 배분하고 자투리 시간도 소홀히 하지 않는 그들은 밤도 낮처럼 사용한다. 고무줄처럼 늘여 사용하는 저들의 시간은 단순히 흐르는 것이 아니라 황금과 같이 귀하다.

빛 바랜 사진 속에 한 소녀가 있다. 언제나 열여덟 살의 나이로 말끄러미 누군가에게로 시선을 보내는 그 소녀는 하얀 칼라의 교복을 입고 단정하다. 입술은 꼭 다물었지만 무어라 한마디 할 것 같은 표정이다. 터질 듯 탱탱한 볼, 팽팽한 눈자위, 영원히 세월을 빗겨갈 것 같다. 그러나 희귀 동물의 박제처럼, 그 아이는 정지된 시간 속에 갇혀 있을 뿐이다.

얼마나 많은 꿈을 품었던가. 끝 모를 그리움으로 가슴을 태우던 시간들이 밤을 잊게 했었다. 잃어버린 꿈을 하나씩 주워 짜깁기한다면 우주를 덮을 보자기가 될지도 모른다. 그런데 시간을 잘못 사용하였을까, 그 소녀는 한 가지 꿈도 이루지 못한 채 가는 시간을 아쉬워하고 있다.

어느 대학가를 지나고 있었다. 즐비한 상가에 다닥다닥 붙어 있는 간판이 눈에 들어왔다. 저마다 상점 주인을 대신하여 알록달록 채색을 하고 자기를 들어내기 위해 애쓰는 것 같았다. '時失里', 한 간판에 시선이 화살처럼 날아갔다. 흘러가는 시간을 아쉬워하십니까. 이곳에서는 시간을 잊으세요. 아니, 당신이 시간의 주인이 되어 마음껏 청춘을 만끽하세요. 내 마음대로 여러 가지 해석을 해 보았다.

카페 안을 두리번거렸다. 젊은이들이 삼삼오오 찻잔을 앞에 놓고 진지한 이야기에 빠져 있었다. 급할 것 하나 없는 여유가 그 카페 안을 휩싸고 있는 것 같아 나도 들어가고 싶었다. 그렇지만 나는 그곳에 어울리지 않는 사람이었다. 젊음의 대열에서 오랫동안 떠나 있었다는 생각에 시간을 거슬러 올라갈 수만 있다면 사진 속의 소녀로 다시 돌아가고 싶었다.

사람들은 언제부터 시간의 틀을 짰을까. 그 유장한 시간을 자기들 곁에 끌어들여 아침이면 일어나고 저녁에는 잠을 자는 어제, 오늘, 그리고 내일로 이어진다. 시간에 구속당한 것인가, 아니면 시간을 잡은 것인가.

세상을 떠난 어머니가 내 등 뒤에서 말씀하시는 것 같다. '흘러

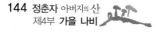

가는 시간 속에 그냥 내가 있었고, 너도 있을 뿐이다.' 그런데 그때 말씀하시지 않고 빙긋이 웃으시기만 한 이유는 너도 늙어 보라는 뜻이었을까. 아! 무작정 나도 시간을 잊고 싶다. 가든 오든 상관없이 '時失里'라는 마을에 갇히고 싶을 뿐이다.

옥색 치마저고리

교회에 갈 때마다 무슨 옷을 입을까 고민한다. 검은색 투피스를 꺼내 보고 베이지 색 재킷을 찾아보기도 한다. 친구와 만남이 있을 때에도 옷에 신경이 쓰인다. 있는 것 중에서 가장 화사한 옷을 입어야지 마음먹으면 손에 잡히는 옷이 언제나 붉은색 계열이다. 빨간색을 입으면 십 년은 젊어 보인다는 말을 듣는다.

그러나 나에게는 밝은 색 옷이 많지 않다. 무겁고 어두운 색깔을 즐겨 입기 때문이다. 환한 옷을 입으면 사람의 시선을 끄는 것 같아 부담스럽다. 어느 곳에서든지 있는지 없는지 드러나지 않는 것이 편하다. 이런 내 심정 바닥에는 사람들 앞에 잘 나서지 못하는 소심성이 깔려 있다.

작은아들의 혼사 날을 받아 놓고 한복집을 찾았다. 꽃보다 예쁜 색색이 비단들이 눈을 휘황하게 하며 나의 손길을 자꾸만 끌어당겼다. 보라색을 가져다 얼굴에 대어보고 노란색을 팔에 감아보고 마음이 자못 나비처럼 훨훨 날고 싶었다.

"신부 쪽이세요, 신랑 쪽이세요?" 신랑 엄마라는 내 대답이 떨어지기 바쁘게 점원은 펼쳐 놓았던 밝은 색깔들을 걷었다. 그리고는 푸른색의 천들을 꺼냈다.

큰아들을 짝지었던 6년 전에도 같은 경험을 했다. 따뜻하고 다정해 보이는 색깔을 입어볼 수 없는 서운함이 얼굴에까지 나타났는지 점원이 한마디 한다. 요즘 사람들 그런 관습에 신경 쓰지 않더라는 것이다. 많이 양보해서 권하는 것이 팥죽색이다. 분홍도 아니고 푸른색도 아닌 혼합된 색. "아니요, 푸른색으로 보여 주세요!" 내 말이 단호해졌다.

옛 여인들은 아들을 낳지 못하면 죄인처럼 살아야 했다. 그것이 여자만의 허물이 아니라는 이치는 아무런 변명도 안 되었다. 생명의 점지가 사람의 마음대로 되는 일이 아니다. 반대로 아들을 잇달아 낳으면 집안의 융숭한 대접을 받으며 가솔을 호령하는 권위도 주어졌다. 그런데 지금 세상에서 나처럼 딸은 없고 아들만 둘 있는 사람은 '안됐다'는 소리만 듣는다.

이번에 새 가정을 꾸리는 아들은 집과 떨어져서 직장 생활을 하였다. 이별 연습을 제법 한 셈이다. 그래도 쉬는 날이면 빨리 집으로 달려오고 싶어서 세수도 하지 않은 채 현관문을 열곤 하였다. 며느리를 들이기보다 아들을 내보내는 세태인지라 앞으로는 "엄마, 작은아들 왔어요!" 하는 소리를 자주 들을 것 같지 않다.

옥색 치마저고리를 맞추고 한복집을 나왔다. 풀잎이 돋아나오는 색깔을 닮았다. 산줄기를 타고 흘러 내려와 천길 절벽 위에서 떨어져 깊은 웅덩이에 잔잔히 고이는 물빛도 옥색이다. 넓은 바다 한 모퉁이 바위 밑에 맴도는 파르스름한 물결. 작은아이의 발등을 살금살금 어루만지던 그 물빛도 옥색이었다. 어쩐지 그 물가에 서면 아련히 엄마가 보고 싶었다. 그 오래 묵은 그리움의 색깔을 입고 나는 새 식구를 맞이할 것이다.

며칠 전에 청첩장을 들고 황급히 친구 아들의 예식장에 들어섰다. 친구가 하객을 맞는 모습이 보였다. 옥색 치마저고리를 입고 있다. 어쩌면 내 옷과 똑같은 색이다.

푸른색 계열에도 남색, 초록색, 하늘색 등 다양한데 그 많은 색깔 중에 그와 나는 의논 한 번 없이 같은 색을 택하였다. 비슷한 취향 때문에 나는 어느 때보다 친구가 가깝게 느껴졌다.

화사한 분위기를 풍기는 신부 어머니, 은은한 매력이 발산되는 신랑 어머니가 함께 손을 잡고 들어가 화촉을 밝힌다. 자기 몸을 녹이면서 타들어가는 촛불처럼 삶은 자신을 희생할 때에 주위를 밝힐 수 있다. 새 둥지를 이루는 자식들에게 양가의 어머니가 들려주고 싶은 말을 촛불이 대신하여 몸으로 보여 주고 있지만 들떠 있는 선남선녀가 그것을 알 리가 없다.

조용히 두 아이들을 바라보는 친구의 눈에서 반짝 구슬 같은 것이 빛난다. 옥색 저고리에 떨어져 내리면 옥 구슬이 된다. 그렇지만 좋은 날에 눈물이 웬일인가. 친구가 샹들리에가 화려한 천장으로 시선을 옮긴다. 며칠 뒤의 내 모습이 연상된다. 짝, 짝, 짝. 하객에게 인사하는 신랑 신부에게 나는 힘찬 박수를 보낸다.

이름

춘자….

가만히 내 이름을 불러본다. 아무리 분위기 있게 불러보아도 촌스러운 이름이다. 우리 부모님 세대에서는 '춘' 자를 무척이나 좋아했던 것 같다. 내 또래 중에는 '춘(春)' 자의 이름이 많다.

어둡고 칙칙한 삶을 살아온 그 시대의 어머니들이 딸들만은 봄의 빛깔처럼 환하게 살기를 기원하는 마음을 생각한다면 이름자에 대한 나의 불만이 사치스럽다는 감이 없지 않다. 그러나 평생을 따라다니는 이름이기에 때때로 속상한 감정이 일어나는 것은 어쩔 수 없다.

사실 여고 시절에는 이름을 바꾸고 싶다는 생각을 자주 했다. 그래서 작명소 앞을 여러 번 기웃거려 본 적도 있다. 그런데 서성거리기만 하였을 뿐 결국 안에는 들어가지 못했다.

나는 모태 신앙인이다. 성경 말씀을 이해하기도 전에 이미 교회에 다니는 사람은 그런 곳에 가서는 안 된다는 고정관념 같은 것에 세뇌되어 있었던 모양이었다.

생각다 못해 혼자서 이름을 바꾸어 부르기로 했다. '소영'이었다. 한자의 깊은 뜻을 생각할 나이도 아니었다. 그냥 부르기에 예뻤기 때문이다. 그리고 어렴풋이나마 깨끗한 이미지를 느낄 수 있었다. 아무도 불러주지 않는 그 이름을 나는 일기장에서만 사용하였다. 하루살이보다는 조금 길게 사춘기 소녀의 이름으로 행세했던 '소영'은 그때의 일기장 속으로 꼭꼭 숨어버리고 말았다.

아이들을 낳으면서부터 나의 이름은 점차 사용할 기회가 줄었다. 아들 이름 뒤에다 엄마라는 말만 덧붙이면 그것이 나의 존재였다. 마음 한구석이 서늘해지면서도 이름자가 직접 불리어지지 않는 것이 다행스럽게도 느껴졌다.

몇 년 전에 다니던 교회에서의 일이다. 예배 시간에 초신자 자매가 내 옆에 앉았다. 교회 주보를 찬찬히 살펴보던 자매가 "이 사람이 누구예요?" 소곤거리는 소리로 손가락을 짚어 보이는 곳은 봉사위원으로 적혀 있는 내 이름이었다. 나는 "바로, 나예요!" 하고 손가락으로 내 가슴을 찔렀다. 옆얼굴이 홍당무 색깔이 되도록 그는 웃음을 참았다. 내가 가만히 손을 잡았더니 기어코 '쿡' 웃음이 터졌다. 그리고는 조금 미안했는지 자신의 가방에서 메모지와 펜을 꺼냈다. '이름이 참 소박하네요.' 라고 적힌 쪽지가 내게로 건너왔다. 나는 고개를 끄덕였다. 마지막 기도가 끝나고 눈을 떴을 때 내 옆자리는 비어 있었다.

지난해 겨울, 강원도 산골에 사는 '춘자'라는 소녀의 애처로운 사연이 TV에 소개되었다. 흰 눈이 덮인 첩첩 산중에서 장님인 것도 안타까운데 부모도 돌보아 줄 어떤 사람도 없다는 것이다. 며칠 뒤에 '춘자'의 이야기는 이웃들의 따뜻한 손길로 이어져 나왔다. '춘자'의 형편을 돕는 발걸음이 눈길을 녹이고 그 아이의 눈을 검사, 수술해주겠다는 병원도 나섰다. 나는 아무런 도움도 주지 못했지만 소녀의 바뀌어가는 환경이 내 일처럼 반가웠다. 이름자가 같다는 것 때문이었는지 내가 꼭 그 고통을 겪는 것 같았다. 그리고 너무나 소박하고 순진한 그 소녀의 모습이 잊혀지지 않는다.

　같은 이름을 가진 친구를 생각하면 어느새 큰 춘자, 작은 춘자로 불리던 단발머리 소녀 때로 돌아간다. 큰 춘자는 노래를 잘 불렀다. 점심시간 이후의 수업에 들어오시는 선생님은 가끔씩 큰 춘자를 불러 노래를 시켰다. 아름다운 목소리로 우리들의 식곤증을 쫓아주던 친구가 나와 같은 이름이라는 것이 우쭐해지기도 하였다.

　이름이 운명을 좌우한다는 이야기가 있다. 그런 말을 들을 때마다 어린 시절에 작명소 앞을 서성거리던 나를 떠올린다. 그때 만약 이름을 바꾸었더라면 지금 내 운명은 어떻게 달라져 있을까. 그런데 이상한 것이 같은 이름을 쓰는 나와 친구의 운명이 다르고 강원도 산골에 사는 소녀의 운명이 다른 것은 어떻게 설명이 될지 궁금하다. 물론 태어난 시간과 나이가 다르고 또 내가 알지 못하는 여러 설명들이 있겠지만 내가 이름을 바꾸고자 하였던 이유는 사춘기 감상이었던 것이지 운명을 바꾸어 보겠다는 생각은 조금도 없었다. 흔히 하는 말대로 운명은 개척하는 맛으로 살아야 사는 의미가 있을 테니까.

신세대 부부들은 자녀의 이름에 신경을 많이 쓴다. 아름이, 봄이. 또 성 씨에 맞추어 뜻이 있는 단어를 만들어 부르기도 한다. 한문 식의 이름도 듣기 좋게, 그리고 부르기 좋게 작명하는 것이 참으로 현명하게 느껴진다. 어린아이들 중에는 아마도 나와 같은 이름은 없을 것이다. 그리고 보면 나의 이름은 사라지는 이름이다. 먼 후일에는 희귀한 기록으로만 남으리라.

촌스럽다, 유치하다 해도 이제는 어쩔 수 없다. 먼 길을 나와 함께 흘러왔고 또 무덤까지 가지고 갈 이름이다. 어느 때는 얼굴보다 더 앞서 나 자신으로 나서는 나의 존재, 그 자체인 것을. 영원한 동반자인 '춘자'를 나는 사랑하리라.

신선한 만남

　손자 녀석이 제 엄마와 함께 외가에 갔다. 내일이면 아이가 또 할머니를 부르며 돌아올 것이다.

　아이로부터 자유를 얻은 시간이 나에게는 황금보다 귀하다. 한가하게 친구와 수다를 떨 수 있고 이웃 사람과 차를 마시며 담소도 나눌 수 있다. 무엇보다 마음이 여유로워서 좋다. 며느리도 날마다 아이에게 매달려 지내는 나에게 그런 휴식의 시간을 마련해주기 위해 무던히 애를 쓰는 눈치이다.

　모처럼 주어지는 별은(別銀)의 시간, 나는 손님을 초대해 놓았다. 새벽부터 청소를 시작했다. 창문을 열어젖히고 환기를 시키며 구석구석 먼지를 닦았다. 빗소리가 들렸다. 오랫동안 메마른 대지 위에 떨어지는 감로수 역할을 하는 빗소리이다.

　어찌하면 손님을 조금이라도 더 기쁘게 할까 생각하며 잘 닦은 반닫이 위에 조그맣고 오래된 항아리 몇 점을 올려놓는다. 손자 아이가 제 장난감 취급을 하는 탓에 꼭꼭 숨겨 두었던 것들이다.

옛 사람들의 숨결이 정감을 불러일으키는 고품(古品)을 애면글면 모으는 내 취미를 그도 좋아할까 걱정이지만 달리 손님에게 보일 것이 없다.

초대된 손님은 깔끔하면서도 세련된 집안을 꾸미고 산다. 매달 한번 있는 모임을 그의 집에서 갖기 때문에 나는 늘 그에게 빚을 지는 기분이다. 카페처럼 좋은 음악을 틀고 정성스런 점심을 준비하니 특별 대접을 받는 듯 호사를 누린다.

들국화가 지천으로 피었던 지난 가을 나는 그에게 문자를 넣었다. '국화 향기를 바람에 실어 보냅니다. 베란다 창문을 열어 보세요.' 그리고 꽃 액자를 만들었다. 가을 향기 드높은 그 꽃들을 내가 좋아하는 사람들과 나누고 싶었다. 꽃 액자를 받아든 그가 "천안 가고 싶은데, 언제 갈까요?" 하고 물었다. 나의 형편이 이제야 그를 초대하게 되었다.

정갈하게 청소를 마친 집 안에서 겨울비 내리는 창밖을 보았다. 과연 그녀가 저 차가운 겨울비 속을 헤치고 천안까지 올까. 그때 내 염려를 느끼기나 한 것처럼 전화벨이 울렸다. 전화기 속의 목소리에는 미안함이 감겨 있다. 비가 내리는 것도 불편하고 몸이 좋지 않다는 것이었다. 오늘만 날인가. 또 다음 기회를 만들어보자는 말로 전화를 내려놓았다.

빗소리가 점점 세게 창을 때린다. 만약 저 빗속으로 그가 온다고 해도 미안한 일이다. 그가 나처럼 몇 점의 옛 항아리에 마음을 보낼 수 있는 취향이 아닐 수도 있다. 결국 우리 집의 고풍(古風) 분위기는 나만의 취미이다. 그러니까 오늘의 집안 설정은 그를 위함이 아니라 나를 위한 준비가 되었다.

혼자의 시간을 가져보자. 아내로서의 나, 여자로서의 나, 친구로서의 나에서 빠져나와 온전한 나를 만나보자. 혼자 먹을 점심이지만 성찬을 장만하여 가장 아끼는 그릇에 담고, 좋아하는 음악도 들으리라. 딱딱하게 둘러싸인 호두 껍질을 깨고 나올 새로운 나를 위한 만찬을 준비하리라.

그 신선한 만남을 얼마나 갈망하였던가. 그를 만나기 위해 때로는 고독했고 가끔은 우울하기도 했다. 그를 만나면 묻고 싶었다. 당신은 무엇을 위해 사느냐. 그리고 당신의 참모습을 보여 줄 수는 없느냐. 헤아릴 수 없이 많은 가면 속에 가려져 있는 그의 모습 속에서 어느 것이 진실한 모습인지 참으로 궁금하였다.

호젓이 찻잔을 앞에 놓고 앉는다. 시간은 천천히 흐른다. 고요함이 좋고 빗소리도 정겹다. 조그만 방안에서, 아주 조용히, 누구의 간섭도 없이. 마주 앉은 자신과의 조우가 한 사람의 영혼과 만나는 것처럼 신비하다. 절대고독 속에서만 느낄 수 있는 체험이 아닐까.

군중 속에서, 광활한 자연 앞에서, 복잡한 차 속에서도, 길 위에서도 종종 외로움을 느낀다. 그때의 외로움은 어쩐지 서글퍼진다. 주위와 동화되지 못하고 홀로 겉도는 감정 때문인지도 모른다.

그런데 나와의 만남은 일체감을 준다. 공간과의 분위기, 비 내리는 우주와의 일체 같기도 하다. 규정할 수 없는 충만함이 가슴 밑으로부터 차오른다.　오늘 하루가 행복하다.

배반으로부터의 자유

크게 믿음을 보내 준 사람에게 실망을 안겨 주었던 기억은 쉽게 잊을 수가 없다. 더군다나 그 실망감을 배반이라고 표현하면 실망을 시킨 쪽은 죄인이 된 기분으로 씻을 수 없는 자책감에 시달린다.

여학교를 졸업하고 나는 병원에 취직이 되었다. 지역에서 제일 규모가 큰 도립병원 원장 내외분이 우리 어머니와 같은 교회의 교우였다. 어머니가 취직 부탁을 하지도 않았고 나도 그 병원에 근무할 아무런 자격이 없었다. 의료에 관계되는 어떤 상식도 없었기 때문이다. 그리고 병원이라면 공연히 전신에 소름이 돋는 아이의 치기가 채 가시지도 않은 시기였다.

평소 교회에 들락거리는 나를 유심히 보았던 원장 사모님이 어머니에게 말씀하셨다. 우리 어머니 쪽에선 그렇게 고마운 일이 또 있겠는가. 감지덕지 내 의사와는 상관없이 대답을 하셨다. 학교 졸업장을 받아든 다음 날부터 병원으로 출근을 하라는 것이었다.

무슨 일을 해야 하는지 알지도 못하고 나는 크레졸 냄새가 코를 찌르는 병원으로 들어섰다. 몸담아야 할 곳은 검사실이었다. 각종 병리 검사를 위한 실습 기간을 몇 개월 거쳐 나는 당당히 검사실 직원이 되었다. 임상병리사가 되기엔 턱없이 부족하였지만 피검사, 소변 검사의 간단한 상식만 습득하였던 것이다.

우연인지 예정이 되었던 일인지 알 수는 없었다. 검사실장이 병원을 그만 두었다. 나는 조수 역할만 하다가 갑자기 막중한 책임을 떠안게 되었다. 병원 측에서는 곧 후임이 올 것이라고 나를 안심시켰지만 나는 가슴에 답답증이 시작되었다.

환자 한 사람 보는 일이 무서운 호랑이를 만나는 것 같았다. 오금이 저리고 손발이 오그라들었다. 밤에 잠을 이룰 수가 없었다. 응급 환자는 시도 때도 없다. 퇴근을 하여도 수시로 호출이 왔다. 출근은 곧 지옥으로 들어가는 심정이었다. 병원을 쳐다보기만 하여도 속이 울렁거렸다. 자세한 내막을 모르시는 어머니는 "참아라, 참아야 한다." 는 말씀만 연발하셨다.

사고가 나고 말았다. 수술 환자에게 내어 준 피가 잘못 되었다. A형 환자에게 B형 피가 수혈되니 사고도 이만저만한 사고가 아니었다. 혈액 한 방울이 수혈되자 환자가 떨기 시작하는데, 사시나무 떨듯 하였다. 온 병원 안에 비상이 걸려 법석을 떨어야 했다. 다행히 수습은 되었지만 나의 놀란 가슴은 좀처럼 진정이 되지 않았다. 한 생명을 소홀히 여긴 나의 직무 유기를 스스로 용서할 수 없었다. 병원에 사표를 던지고 두문불출 외부와 접촉을 끊었다.

원장 사모님 앞에서 눈물을 흘리며 꾸중을 들었다. 기대에 어긋나는 실수도 용서가 되지 않고, 불쑥 사표를 낸 당돌한 행동도 오만불손하다는 것이었다. 은혜를 저버리는 것은 곧 배반이라는 말도 하였다. 그날 뒤집어쓴 배반자의 명패를 나는 지금껏 벗어버리지 못하였나 보다. 사십 년 세월 너머의 기억을 소상히 떠올릴 수 있으며, 그때 무릎 꿇고 흐느끼던 소녀의 모습이 죄인으로 각인되어 있다.

손자 녀석이 초등학교에 들어갔다. 아이가 학교에서 새 친구들이 생기고 과학 특별 학습을 새롭게 접하면서 귀가 시간을 지키지 않는다. 집에서 기다리는 제 엄마가 안달을 한다. 어느새 아들 때문에 노심초사가 생긴 것이다.

애를 태우며 아들을 불러 세우고 당부를 한다. 제발 학교 끝나면 바로 집으로 오라고. 그러자 아이가 하는 말이 "나는 노는 게 세상에서 제일 좋아. 엄마보다 더 좋은데."라고 한다. 그 말을 들은 제 엄마 표정에 만감이 교차한다.

그래, 이제 시작이다. 어머니로서 자식으로부터 감당해야 할 배반감이다. 노는 것 다음에는 친구일 것이다. 그 다음엔 연인, 그 후엔 자식이 될 것이다. 어머니의 어머니, 나, 며느리. 똑같이 겪는 배반이다. 배반을 당하기만 하는 것이 아니라 배반감을 안기는 역할도 주저하지 않는 악순환이다.

철부지 아이에게 섭섭한 말을 들은 어미의 얼굴에서 난감한 순간이 스쳐 지나가더니 그럼 조금만 놀다 오라고 양보를 한다. 나는 그런 며느리가 고맙다.

지금 생각해도 그 직책은 내게 맞지 않는 것이었다. 전문적인 공부도 없었거니와 벌레 한 마리 꿈틀거리는 모양도 징그러워 몸을 돌리는 새가슴으로 활성 넘치는 병원체의 세계를 넘보는 일은 가당치도 않은 일이었다. 철없는 아이를 너그러이 바라보는 며느리의 시선이 오래전에 나에게 덮여 있던 오물을 말끔히 씻어 내는 느낌을 준다.

배반으로부터의 자유, 신명나는 일이 생긴 것처럼 마음이 즐겁다. 나는 배반자가 아니다. 다만 세상 살아가는 이치에 어두워 행동이 지혜롭지 못했던 것일 뿐이다. 새털처럼 가벼운 마음 어디든 훨훨 날아갈 수 있을 것 같다.

학교 옆 꽃밭

하루에 만 보 이상을 걸어야 건강에 좋다고 한다. 나는 그 절반도 움직이지 않는 것 같다. 학교 운동장을 일부러라도 걸으리라 작정하여 아침 여섯 시에 집을 나선다.

일주일쯤 계속해보니 몸이 한결 가벼워지는 느낌이다. 소화가 잘 되지 않던 위장도 활기를 얻었는지 밥맛이 좋다. 걷기 운동 시작하기를 잘했다고 스스로에게 박수를 치며 초등학교 운동장으로 향하는 발걸음이 가볍다.

학교 정문 옆 꽃밭을 지나는 기분은 더욱 흐뭇하다. 도시의 정원처럼 깔끔하거나 규모 있게 조성된 것은 아니다. 그렇지만 자연 그대로의 정서가 풍요롭다. 크기도 방대하여 운동장 넓이의 절반은 될 것 같다.

담장으로 소나무, 잣나무, 배롱나무 등을 심었다. 아치형 장미 넝쿨은 대문 역할이다. 금잔화, 맨드라미, 수국, 봉숭아, 백일홍.

어느 날은 꽃 종류를 헤아려 보았다. 이름을 알지 못하는 야생화까지 수십 가지이다.

나팔꽃이 '빠빠라 빰~' 꽃잎을 터뜨리며 나를 맞는다. 빙긋이 웃으며 나는 꽃들을 어루만진다. 꽃밭 속에 서 있으면 마음이 고요하다. 걱정도 사라지고, 욕심은 아예 뿌리째로 뽑힌다. 그 넓은 땅에 농작물을 심었다면 상당한 수익이 있을 터인데 어떻게 꽃밭을 가꾸었을까. 땅 주인의 의도가 학교를 드나드는 아이들에게 내가 느끼는 바로 그런 마음을 심어주고 싶은 게 아닐까.

거대한 수목원을 조성하는 사람의 속마음도 그런 의미일 것이다. 4월의 어느 날, 소풍을 제의하던 친구를 생각한다. 친구가 직장에 사표를 던진 다음 날이었다. 가족의 밥줄이 되어 주었던 직장이었다. 사표를 던질 수밖에 없었던 사정과 앞으로 또 어찌 살아야 할지 친구의 어깨가 무거웠다.

그 무게에 짓눌려 다시는 일어설 수 없을 것만 같은 일상에서 탈출하고 싶은 마음이 어찌 친구뿐이랴. 가슴속에서 하루에도 몇 번씩 주부 사표를 쓰고 있는 나도 이내 의견 일치를 보았다. 그의 수첩 속에 적혀 있는 '아침고요수목원'으로 차를 몰았다.

청평을 지나 현리로 가는 길목 왼쪽 산속에 그 수목원은 자리 잡고 있었다. 산골짜기를 숨차게 달려왔을 계곡물이 우리를 맞을 때는 가만가만 속삭이며 돌다리 아래로 흘렀다. 조금 위쪽에 높다란 나무다리를 제쳐두고 우리는 운동화를 적시며 돌다리를 건넜다.

10만 평 산골짜기. 바람소리, 물소리, 갖가지 생명의 움트는 소리까지 합하여 숲속 왈츠가 연주되었다. 울창한 잣나무 숲에서 삼림욕을 즐기며 시(詩)가 있는 산책로도 걸었다. 하늘을 우러러 한 점 부끄럼 없기를 염원하는 시 앞에서 언제나 그렇듯 숙연해졌다. 세월이 지나고 시인도 갔지만 시혼(詩魂)은 사라지지 않고 사람들의 가슴에 영원히 살아 흐른다.

장독대가 있는 정원에서 우리의 발걸음은 오래 머물렀다. 크고 작은 항아리가 한데 어울려 마치 단란한 한 가족처럼 정다워 보였다. 자갈을 깔고 흙을 돋운 바닥 때문일까. 그 옹기 가족은 무대에 올라선 듯 곧 춤을 추어 보일 것 같았다. 보라색 패랭이꽃들은 구경꾼이 되어 마당 가득히 운집해 있었다.

친구와 나는 산채비빔밥을 맛있게 먹고 해가 기웃해져서 수목원을 나왔다. 집으로 향하면서 만약 도시 생활을 청산하고 전원으로 돌아간다면 행복할까 이야기해 보았다.

그러나 우리는 둘이 똑같이 도리질을 하였다. 우리에겐 도시의 때가 너무나 많이 묻었다. 농촌 생활에 적응하기도 전에 우리는 또 그곳을 탈출하고 싶어 안달을 할 것이다. 가끔 자연의 품을 찾아 휴식을 취하고, 자연에서 에너지를 얻어 하루하루 살아가는 데 충실하자는 결론을 얻었다. 그날의 추억으로 우리는 때때로 수목원을 그리워한다.

말복이 지났으니 여름도 끝자락이다. 이틀 동안 더위를 식히는 비가 내렸다. 천둥과 번개를 번쩍이는 야단스런 폭우였다. 꽃밭이 쓸쓸해졌다. 한 계절 피었다 스러질 생명들이 그리도 고왔던가. 서운한 마음이 고개를 든다.

그러나 코스모스 더미 속에서 드문드문 얼굴을 내민 성급한 꽃들이 수줍은 소녀 같다. 구절초도 군데군데 함초롬한 꽃을 피웠다. 여름 꽃은 씨를 맺지만 가을꽃은 이제부터 시작이다. 여름처럼 성대하지는 않겠지만 쌀쌀한 바람결에 하늘거리는 가을 꽃밭도 가없이 청초할 것이다.

건강을 위해 학교 운동장에 나오는데 마음이 오히려 살찌는 기분이다. 상쾌한 아침바람이 꽃밭을 스치고 지나간다. 초록 물결이 넘실거린다. 아이들이 매일 꽃밭을 보며 예쁜 정서를 키우리라 생각하니 마음까지 넉넉해진다. 마치 내가 조성한 꽃밭인 것처럼.

제 5 부

가지 못한 길

　가지 못한 길, 그것은 누구에게나 그리움으로 남는다. 생활을 위해 다른 길을 택하고, 여건 또한 따라 주지 못하여 이루지 못한 꿈들이 때때로 아련한 그리움으로 되살아나 밤잠을 설치게 한다. 통증으로까지 느껴지는 불면의 밤이 지나고 희뿌옇게 밝아오는 창가에서 슬금슬금 사라져가는 내 꿈들이다.

붉은 눈길

눈이 내린다. 첫눈으로는 보기 드문 함박눈이다. 아파트 건물과 건물 사이의 공터에 어느새 하얗게 눈이 덮였다. 아이들이 저희들 세상을 만나기나 한 듯 신이 났다. 이리저리 뛰어다니며 발자국을 찍는 아이, 포슬포슬한 눈을 밀가루처럼 만지작거리다가 눈덩이를 굴리는 아이도 보인다. 눈사람을 만들 작정인 모양이다.

영동 지방은 눈이 많은 고장이다. 한번 내리기 시작하면 며칠씩 앞이 보이지 않게 퍼부어 앞뒷집 왕래마저 어렵게 한다. 대관령과 미시령에 눈이 쌓여 지금도 가끔 길이 막히지만 내가 어렸을 때는 겨울철 교통 두절은 상시 있는 일이었다.

꿈이 많던 여중생 시절, 나는 거부할 수 없는 지역의 기후에 대한 원망이 컸다. 그 원망은 나도 모르는 사이에 미움이라는 감정을 싹틔웠다. 보이지 않는 대자연의 섭리자 대신 눈에 보이는 누군가가 그 대상이었다. 아마도 운명 앞에서 무기력하게 살아가는 사람을 찾고 있었는지도 모른다.

　내가 다니고 있던 교회의 한 청년, 그는 예배당 뒤편에 방을 마련하여 그곳에서 생활을 하고 있었다. 어려서부터 교회의 잔심부름을 하며 교회에서 학비를 받아 학업을 마쳤다. 성인이 되어서도 직업을 얻지 못하고 여전히 교회의 일을 맡아 하는 것이 그의 소일이었다. 게다가 그는 결핵환자라는 소문이 있었다.

　그가 우리 집에 자주 왔다. 갈 곳이 없고 배가 고프기 때문이라고 나는 생각했다. 나는 그가 보일 때마다 솔직한 표현을 했다. 입을 삐죽이거나 눈을 흘겨 뜨는 것이었다. "우리 집에 오지 마세요!" 하고 그의 가슴에 못질을 할 때도 많았다. 그러면 그는 쓸쓸히 웃고 나서 쿨쿨 기침을 했다. 기침을 할 때 입을 가리는 그의 손이 겨울 나뭇가지처럼 앙상했다.

　그 무렵의 정월 초순경, 눈이 며칠째 소나기처럼 퍼붓고 난 뒤였다. 그가 우리 집에 왔다. 어머니가 그에게 따뜻한 아랫목을 내어 주며 나를 부엌으로 부르셨다. 아궁이에 불을 지피라 하시고 당신은 만둣국 끓일 준비를 하셨다. 방 안에서 그의 기침 소리가 새어 나왔다.

　저 사람 병은 전염성이 강하다, 함께 밥을 먹는 일은 절대 하지 말아야 하고, 저 사람 가까이에서 이야기를 나누어서도 안 된다고 나는 한참 동안 어머니에게 항의를 했다. 어머니는 "늘 춥게 지내니 고뿔 떨어질 날이 없는 게야." 하시며 오히려 나를 인정머리 없는 아이라고 꾸중을 하셨다.

따끈한 만둣국을 맛있게 먹고 그가 우리 집을 나갔다. 사립문을 나서면서 이내 숨이 끊어질 듯 기침을 했다. 멈추지 않는 기침 소리 때문에 어머니와 나, 그리고 동네의 몇 사람이 밖으로 나가 그를 지켜볼 수밖에 없었다.

비척비척 몇 발 앞으로 나가던 그가 눈길 위에 피를 토했다. 붉은 눈길이 그의 발걸음을 따라갔다. 비틀거리던 발걸음이 멈추고 피를 낭자하게 토하며 쓰러졌다. 그의 일생 스물아홉 해가 그렇게 무너졌다.

병원차가 앵앵 울며 달려왔다. 그가 실려 눈길을 떠났다. 청년이 멀어져 간 뒤에도 눈길은 자꾸만 붉은 빛을 넓혀 갔다. 옥양목에 물감 배어들 듯 눈길은 선명한 핏빛이 되었다. 누군가 커다란 눈삽을 들고 와서 붉은 눈길 위에 새하얀 눈덩이를 한없이 덮었다. 어둠이 내려앉는 시간이었지만 사위는 어둡지 않았다. 나는 그 밤을 뜬눈으로 지새웠다. 죽음의 공포를 가장 가깝게 경험한 밤이었다.

영결 예배를 마치고 목사님이 묵직한 노트 한 권을 들고 나의 언니를 찾았다. 궁금해하는 나를 돌려세우고 언니가 노트를 숨기는 기색이었다. 며칠 후에 나는 기어이 노트를 찾아냈다. 그 청년의 일기였다. 페이지마다 언니를 향한 그리움이 적혀 있었다. 그가 우리 집에 자주 왔던 이유가 그제야 분명해졌다. 가슴이 타들어 가는 아픔을 안고 조그만 계집아이의 미움을 견디며 오직 사랑하는 여인을 한 번 더 보고 싶었던 심정을 내가 이해한들 몇 분의 일이나 될까.

그의 영원한 안식을 위해 기도드리는 것으로 덮어지는 줄 알았던 죄의식이 또다시 헤집어졌다. 어려운 처지의 사람을 가엽게 여기지 못한 후회 위에 사랑으로 가슴을 앓는 사람을 오해한 죄가 가중되었다. 용서를 구하고 싶은데 그가 영면 속에 있으니 나는 용서받을 수 없는 사람이었다.

사람이 살아가는 길에는 슬픔과 고독도 함께 간다. 미움과 용서, 씨줄과 날줄로 얽혀드는 무늬는 아름다운 비단이 되어 때때로 슬픔과 고독을 위로한다. 그런데 용서받지 못한 미움을 간직한 나는 마음속에 녹지 않는 눈길을 안고 산다. 핏빛 선명한 붉은 눈길이다. 그 길은 크고 작은 잘못을 할 때마다 나를 깊은 회한에 젖게 한다. 원죄 말고도 또 다른 속죄받지 못할 죄인이다.

오늘은 그의 무덤에 새하얀 눈이 이불처럼 덮이겠다. 언니는 오늘 같은 날 무슨 생각을 할지 궁금하다. 그 노트를 지금껏 간직하고 있는지 그것도 묻고 싶다. 그가 가버린 후, 우리는 한 번도 그에 관한 말을 하지 않았다. 둘 다 아픈 기억으로 붉은 눈길을 간직하고 있을 뿐이다.

가지 못한 길

바쁘게 돌아가는 일상 속에서 산책을 나서는 시간은 덤으로 얻어지는 풍경으로 마음이 여유로워진다. 숲속에서는 언제나 푸드득 날갯짓하는 새들이 찾아드는 손님을 반기고 나뭇가지도 저마다 친구하자며 손목을 감는다.

속삭이는 물소리는 또 얼마나 다정한지. 귓속을 채우고 있는 소음을 말갛게 씻어 준다. 마음까지 헹구어 주는 물소리를 그냥 흘려보내기가 아쉬워 한 줌 쥐어 본다. 제 갈 길이 어디인가. 물은 잠시도 구속되는 것을 원치 않는다. 나는 슬그머니 물을 놓아 준다.

바위를 타고 언덕을 지나던 물은 깊은 웅덩이를 만나자 곤두박질을 하며 처박힌다. 꼬르륵 물방울이 두어 번 자맥질을 한다. 그러나 어느새 제자리를 찾아 들어가 쏼쏼쏼 힘찬 소리를 내며 달려간다. 어서 바다로 가야지. 그리고 영원히 머물면서 평화를 누려야지. 물이 나에게 말을 하는 것 같다.

가야만 한다. 어디로 가는지도 모르고 흘러가는 나의 길을 돌아보게 한다. 굽이굽이 흘러온 길이 꼭 물길 같다. 어디쯤이었을까, 소용돌이에 휘감겨 현기증을 만나기도 하였고, 바위에 부딪혀 가던 길을 되돌아 걸어야 했던 적도 있었다.

갈 수 없는 길을 넘겨다 본 적도 있다. 내가 좋아하는 노래 가사를 깨알 같은 글씨로 적어 가지고 다니는 미니 노트가 있다. 노래 실력은 바닥이고, 그냥 부르고 싶을 때 노트를 꺼내어 흥얼거리는 정도이면서 나는 노래 잘하는 사람이 그렇게 부럽다. 그런데 노래 부르는 일이 직업이 된다면 즐겁고 행복할까 생각하면 별로 수긍이 가지 않는다.

불문학을 전공한 조카는 프랑스로 유학을 가고 싶어 하였다. 본고장에 가서 꿈에 그리는 공부를 더 하고 싶었으리라. 졸업을 앞두고 일상용어를 불어로 사용하면서 차근히 유학 준비를 하는 듯하였다.

의논을 하겠다고 시골집에 다녀온 그 아이는 풀이 없었다. 하나뿐인 자식을 그렇게 먼 땅으로 떠나보내기 싫은 어머니의 마음을 읽었기 때문이다. 한동안 갈등하며 괴로운 빛을 숨기지 못하더니 용케 마음 정리를 했다. 취업을 위해 동분서주 끝에 항공사에 입사하였다. 가고 싶었던 곳을 향하여 떠나는 수많은 사람들 속에서 대리 만족을 느낀다고 말하였다. 그렇지만 그의 꿈이 가슴속에서 아주 사라진 것은 아니다. 꼭꼭 접혀져 숨어 있을 뿐이다.

가지 못한 길, 그것은 누구에게나 그리움으로 남는다. 생활을 위해 다른 길을 택하고, 여건 또한 따라 주지 못하여 이루지 못한 꿈들이 때때로 아련한 그리움으로 되살아나 밤잠을 설치게 한다. 통증으로까지 느껴지는 불면의 밤이 지나고 희뿌옇게 밝아오는 창가에서 슬금슬금 사라져가는 내 꿈들이다.

조개는 자신의 몸속에 들어온 모래알에 살이 찢어지고 피가 나는 아픔을 견디며 진주를 만든다. 나는 내 속에 자리 잡고 있는 꿈을 안고 씨름을 하며 현실에 적응하는 '나'를 만들어 간다는 생각이다.

물길을 따라 걸으며 망상에 사로잡히는 사이에 내 발길은 소나무 빽빽한 숲길을 만난다. 솔잎 향기가 훅 코끝을 스친다. 생명의 잉태와 성장이 쉼 없이 이어지는 공간인 숲 속 훈기는 엄마의 젖 냄새처럼 푸근하다. 가만히 귀를 기울이면 아득한 옛이야기가 어느 나무에서건 흘러나올 것 같다.

숲을 빠져나와 산허리를 돌아선다. 새파란 벼 포기들이 초록 들판을 이루었다. 저만큼 내가 사는 아파트가 보인다. 바람이, 초록바람이 들판을 지나 나보다 앞서 아파트로 간다. 내가 갈 길이 그곳이라는 듯. 저녁 시간이다. 휘적휘적 바람이 알려주는 대로 발걸음이 따른다. 또 가보지 못한 산책길이 눈길을 잡지만 애써 외면한다.

자화상

언뜻 지나치는 여인의 모습이 눈에 익다. 눈을 동그랗게 열고 목을 곧게 세워 확인한 사람이 바로 '나'이다. 큰 유리벽이나 백화점 안의 대형 거울 앞을 지날 때마다 겪는 일이다.

그때마다 실망이 가슴 밑바닥을 쓸고 입가에 실소가 흐른다. 혹시 반가운 이를 만나 회포를 풀까 하는 기대가 무너지는 것이며 자신을 알아보지 못하는 바보스러움이 우스워지는 것이다.

요즈음 주말이 되면 드라마 시간을 기다린다. 부유하지도 않고 가난하지도 않은 살림을 꾸리는 어머니가 거기 드라마 속에 있기 때문이다. 단란한 가족 드라마이다. 꼭 내 집 이야기, 이웃 세탁소 아주머니의 사연이 극 속에서 펼쳐지는 것 같다. 옆에 앉아서 함께 TV를 보던 손녀가 말한다. "저 할머니 우리 할머니 닮았다." 손녀의 나이는 일곱 살이다. 드라마 속의 할머니와 내가 어떻게 닮았기에 저토록 단호하게 말할까.

조촐한 집안에서 부잣집으로 딸을 시집보낼 것인지 접을 것인지 고민하면서 독백을 하는 장면에서 손녀가 '닮았다'를 외쳤다. 궁상스러운 표정이 마음에 걸린다. 아니다, 도리질을 하고 싶다. 단순히 비슷한 연령에서 느껴지는 외형을 말할 수도 있다. 그러나 위로가 되지 않는다. 방바닥에 밤송이처럼 툭 떨어진 '닮았다'는 말을 집어 들고 나는 조용히 '나'를 바라다본다.

나에게서 등을 돌린 채 먼 산을 보고 있는 내 속사람, 그는 갑년이 되도록 자신을 알리고도 하지 않았던 나를 향하여 서운함이 온몸에서 배어 나온다. 눈물을 흘리는지도 모른다. 그만큼 슬퍼 보인다.

슬픔, 그것은 그가 살아가는 한 방편이다. 맘껏 울고 나서 느끼는 후련함은 양껏 웃어댄 후의 통쾌감과 맞먹는다. 가슴속 솔기를 타고 절절히 흘러내리는 눈물 줄기에 사랑과 그리움, 원망과 미움들을 함께 씻어 내리면 마음속에 맑은 창이 열리는 걸 그는 수없이 경험하였다. 낳고 기르신 부모님이 본향으로 돌아가셨을 때, 가장이 파직을 당했을 때, 빚보증으로 집을 내놓아야 하였을 때, 내 눈이 실명 위기에 놓였을 때….

사람의 마음속 눈물샘은 얼마나 깊은지 마를 줄 모르고 솟아나오는 샘이 아닌가. 하늘을 안고 땅을 품어도 마음 한 구석이 비어 있음을 느낄 때 그 마음밭 눈물샘도 덩달아 한없이 깊어진다.

예쁜 꽃신 신고 팔짝거리며 뛰어다닐 무렵에 그도 잘 웃는 아이였다. 너무 많이 웃어 눈가에 주름살을 일찌감치 밑그림해 두었다. 그랬던 아이가 아득하게 흘러가는 세월의 강물 속에서 어른이 되고 늙었다. 무릎을 꺾는 기세로, 가슴으로 차올라 숨을 헐떡이게 하며, 키를 넘어 질식시키며 도도히 흐르는 물살이었으니 아이는 웃음을 잃어버릴 수밖에 없었다.

아이 적 생각으로는 웃지 않으면 밑그림이 되었던 주름살이 펴지리라 믿었다. 어림없는 믿음이었다. 웃지 않는 얼굴에 깊고 굵게 그어진 주름은 마치 피 흘리고 덧난 상처의 흔적처럼 흉하다.

볼썽사납게 드러난 주름살은 내 그림자이다. 그 때문에 그런 그림자를 만든 내가 밉다. 낙천적이고 넉넉한 품성을 지녔다면 얼굴이 조금은 편안해 보일 텐데. 그러나 돌이켜 생각해본다. 행복한 사람, 불행한 사람, 질곡을 겪는 이, 다복을 누리는 이. 모두 세월 앞에서 세파가 드리우는 나이테를 뉘라서 피할 것인가. 마음을 다독이면 미움이 스르르 꼬리를 감춘다.

그렇다고 그가 매양 슬픔에 젖어 사는 건 아니다. 깊은 밤 뜰에 나가면 밤의 정적이 영혼 속으로 스며든다. 침묵이 흐르는 밤하늘에 별이 무수하다. 영원한 우주 속에서 고요히 빛나는 별 하나가 밝은 눈짓을 보낸다. 순간, 그 별과 함께 호흡한다는 희열에 가슴이 떨린다. 그때 왜 슬퍼지는지 알 수 없다. 환희와 슬픔은 나란히 평행을 유지하는 철로가 아닐까. 한쪽 선로만으로 기차를 달리게 할 수는 없다. 삶의 열차도 같은 원리로 하루 하루 먼 길을 달리는 게 아닐까.

아직도 등을 돌리고 있는 그가 언제쯤 고개를 돌릴까. 아주 조

금 알고 나서 완전히 안 것처럼 우쭐거리는 내가 가소로운가. 참
으로 내 속엔 너무나 많은 나의 모습이 있다. 오늘은 그 중의 하나
슬픈 형상의 나를 보았을 뿐이다. 그렇게 미미하게라도 내 속의
나와 소통을 한다. 침묵 속의 만남이 싫지 않다.

무엇으로 사는가

　놀이터 공원에 나무가 많다. 단풍나무, 소나무, 은행나무, 대추나무, 이름을 알지 못하는 나무들도 있다. 크고 작은 나무들이 잎이 돋고 단풍이 들면서 공원 안에 자연의 정취를 끌어들인다.

　나는 하루 한 번씩 손자와 함께 놀이터에 간다. 손자는 미끄럼을 타다가, 모래 장난을 하기도 한다. 때로는 또래들과 쫓고 쫓기는 놀이를 하며 논다. 공원 벤치에 우두커니 앉아 있는 나에게 나무들은 좋은 친구이다. 여름 한 철 나무들의 키가 한 자씩은 더 커졌다.

　이웃 할머니도 그곳에 자주 나온다. 할머니 역시 손자를 데리고 나오는데 그 아이는 아직 걷지 못한다. 그래도 밖에 나오는 걸 아주 좋아한다. 유모차에 앉아서 형들이 노는 모양을 지켜보며 깔깔거리며 웃는다. 할머니와 나는 아이들 재롱을 이야기하며 자연스럽게 가까워졌다.

할머니는 팔십 노인이다. 그런데 워낙 정정하다. 키가 훤칠하게 큰데 허리도 굽지 않았다. 얼굴색도 곱다. 머리만 하얗게 되었을 뿐이다. 젊어서 팔등신 미인이라는 말을 많이 들었을 것 같다. 콧대 높은 여인의 분위기가 아직도 몸에 배어 있다.

할머니가 사십 세였을 때 늦둥이를 보았다. 그때 얻은 아들이 또 사십이 넘어서 아기를 낳았다. 아이에게는 이미 초등학생 누나가 있다. 그렇지만 손자를 간절히 원하는 어머니의 뜻을 모른 체할 수 없었다. 그러니 할머니는 손자 돌보는 일을 낙으로 여긴다.

직직 신발 끄는 소리가 들린다. 아침 여섯 시면 어김없이 아기를 업고 복도를 서성거리는 할머니의 발소리이다. 아이를 업고 사뿐사뿐 걸음을 옮겨 놓을 만한 연세가 아니니 다리를 질질 끌 수밖에 없다.

아들 내외가 맞벌이를 한다. 아들과 며느리에게 조금이라도 잠을 더 재우고 싶다. 아기가 눈뜨면 이내 복도에 업고 나오는 것은 그 때문이다. 할머니의 신발 끄는 소리와 아이의 칭얼대는 소리로 우리 4층의 하루는 시작된다.

한동안 복도에서 할머니의 발소리가 뚝 끊어졌다. 하루 이틀은 할머니가 어디 출타를 하셨나 생각하였다. 열흘이 지나고 보름이 되어도 감감하였다. 그즈음 엘리베이터 속에서 할머니를 만났다. 눈자위가 푹 꺼져 있었고 아들의 팔에 의지하여 서 계셨다. 병원에 계시다가 퇴원하는 중이었다. 심한 몸살일 뿐 특별한 병은 아니라고 극구 설명을 하는데 괜스레 마음이 쓸쓸해졌다. 꺼져가는 불꽃처럼 힘없는 목소리였다.

 그날 이후부터 할머니는 귀가 어둡다. 총총하던 눈빛도 흐릿하다. 아이를 돌보는 도우미를 들였다. 도우미가 출근하기 전까지 할머니의 신발 끄는 소리가 또다시 들린다. 전보다 더 무겁게 지르륵거린다. 며느리의 만류도 소용이 없다. 누군가 허리 아프지 않으시냐 물으면 그깟 허리 아픈 게 대수냐며 버럭 화를 낸다.

 그런 할머니가 양팔이 늘어지도록 짐을 들었다. 나는 우선 짐을 받았다. 무슨 짐이냐고 묻고 싶었다. 그러나 청력이 좋지 않은 할머니와 대화하는 것이 부담스럽다. 봉지를 열어보니 풋고추, 마늘, 들깻잎, 통배추 등이다. 무게가 상당하다.

 나는 묻지 않았지만 할머니가 대답을 한다. 며느리가 어제 용돈을 주더라. 그걸 들고 나가 찬거리를 샀다. 밭에 가서 직접 샀더니 배달을 못한다더라. 고추는 삭혀서 장아찌를 하고 김치도 담으려 한다. 나는 하마터면 '바보 노인'이라고 소리를 칠 뻔하였다.

 용돈을 받았으면 당신 자신을 위해 쓸 일이다. 파뿌리 같은 머리에 염색도 하고 보청기도 필요하다. 살림이야 며느리가 어련히 알아서 할 텐데. 안타까움과 서러움이 뒤섞인 감정이 파도처럼 일어났다. 살아 있는 날까지, 아니 지하에서도 영원히, 자식에게 주어야만 행복한 것이 어머니의 천성이며 숙명이다. 막는다고 멈추어지는 일이 아니다. 자식을 향한 지고지순한 사랑 앞에 숙연해질 뿐이다.

 먼 산을 붉게 물들이던 단풍이 집 앞의 나무에까지 오색 옷을 입혔다. 그리고 곧 잎이 떨어져 내렸다. 놀이터 공원에도 낙엽이 수북하였다. 가을이 그렇게 가고 겨울이 오기까지 할머니를 보지 못했다. 할머니 집을 지날 때 복도로 난 창가에 약봉지만 수북이 쌓인 것을 보았다.

햇살이 따사로운 날 나는 밖으로 나왔다. 발길이 저절로 공원으로 갔다. 거기, 나무 옆 벤치에 할머니가 계셨다. 깡마른 어깨, 홀쭉한 볼, 은빛 머리카락, 겨울나무처럼 앙상해 보인다.

나무가 잎을 떨구는 것은 순환하는 계절에 순응하는 몸짓이다. 할머니도 주어진 삶에 순종하며 조금씩 육신을 비워 간다. 싸늘한 겨울바람이 나무 주위를 맴돈다. 그래도 참새 두 마리가 그 나뭇가지에서 재잘거린다. 새들의 지저귐이 있어 마른 나무는 외롭지 않게 봄을 기다릴 수 있다.

빨래

바람이 사람처럼 창문을 흔든다. 누군가 싶어 창밖을 보니 앞집 옥상에 널린 빨래가 깃발인 양 나부끼고 있다. 때 벗은 선명한 색깔들이 눈을 시원하게 해 준다. 언젠가 라디오에서 들었던 멘트 한 마디가 생각난다. 이 세상에서 가장 아름다운 커튼감은 햇살을 받으며 나부끼는 아기 기저귀일 거라는. 창 안에서 보는 봄 햇살이 여름날 시냇가에 쏟아지던 햇살만큼이나 따갑다.

어머니가 가시던 빨래터에는 언제나 언니와 내가 동행을 하였다. 한여름에도 발이 시렸던 큰 냇물의 물소리는 콸콸거리는 아우성이었다. 냇가 돌짝밭에는 달맞이꽃이 잎사귀 사이마다 봉오리를 물고 있었다.

어머니와 언니는 광목 홑이불을 냇물 한가운데서 빨았다. 서리서리 묵은 때를 흔들며 방망이를 펑펑 두들겨 대었다. 나는 우리 일곱 남매의 크고 작은 옷들을 살랑살랑 헹구었다. 문지르기조차 망설이게 하는 낡은 옷들이었다. 그러나 새 옷이어서 더 조심스럽게 다루었던 내 원피스도 있었다.

돌화덕 위에 솥을 걸고 양잿물을 넣고 홑이불을 삶는 동안 우리는 골짜기를 따라 후미진 곳으로 올라갔다. 겹겹이 싸 동였던 어머니의 눈결 같은 속살을 볼 수 있었던 목욕 장면이었다. 거친 손등과 메마르고 검게 탄 얼굴과는 너무나 다른 여인의 모습을 느끼게 하였다. 언니의 허벅지는 물속까지 환하게 비추었다. 달맞이꽃 봉오리만큼 봉긋한 앞가슴을 숨기기 위해 나는 등을 구부린 채 펴지 못했다.

돌 위에 널어 둔 빨래가 보송하게 마르고 해가 뉘엿해질 무렵 우리 세 모녀의 긴 그림자는 집으로 향했다. 몸도 마음도 그리고 입고 있는 옷까지도 솜처럼 가볍고 깨끗했다.

도시로 나와 결혼을 하여 여러 가구가 함께 사는 집에 셋방살이를 한 적이 있다. 조금만 게으름을 피우면 빨래를 널 곳이 없었다. 빨래를 널 곳은 한정되어 있고 가구 숫자는 많으니 빨래 널기 눈치가 여간 아니었다. 아기 기저귀를 말려야 했던 나는 새벽부터 서둘러 빨래를 했다. "이 집은 입고 난 옷을 빠는 거야, 입지도 않은 옷을 빨래부터 하는 거야?" 빨랫줄을 많이 차지한다는 핀잔을 주인 아주머니는 그렇게 하였다. 그 후부터 나는 더 열심히 빨래를 하였나. 아수 빨래를 취미삼아 하였다. 집 없는 스트레스를 빨래로 풀었다.

옷가지에 비누칠을 하여 비벼대고 손바닥이 얼얼하도록 구정물을 짜냈다. 맑은 물이 나오도록 마구 흔들어 헹구고 나면 마음속이 후련했다. 빨랫줄 가득히 깨끗한 빨래를 걸어 놓고 보면 밀린 숙제를 끝낸 기분이 들었다.

둘째 아이를 낳고 입원을 하게 되었다. 며칠 동안 병원에 있다가 집에 와 보니 목욕실 앞에 빨래가 두엄더미처럼 쌓여 있었다. 슬픈 얼굴이 되어 나는 남편을 쳐다보았다. 남편은 나를 방으로 떠밀더니 빨래를 시작했다. 줄에 널린 빨래는 눈부시게 깨끗했다. 그런데 남편의 손등에서 피가 나고 있었다. 요령 없이 빨래를 손등에 올려놓고 힘껏 문질렀던 것이다. 생각보다 힘든 노동이라는 걸 몸소 체험한 다음 그날로 세탁기가 들어왔다.

'백조 세탁기', 두 마리의 백조가 한가로이 물 위를 노니는 그림이었다. 그렇지만 세탁의 효과는 그 이름이 풍기는 이미지의 절반에도 미치지 못하였다. 그래도 세탁기를 사용하지 않으면 시대에 뒤떨어지기라도 하는 양 나는 세탁기에 길들어 갔다.

첫 번째 세탁기가 노쇠하여 고장을 자주 일으킬 때 두 번째 세탁기를 또다시 마련하였다. '문명이 주는 이기'에 매료되어 살아온 세월이 벌써 수십 해이다.

언젠가 중랑천에 구름처럼 떠다니는 비누 거품을 보았다. 그때 누군가 나를 향해 손가락질을 하는 것 같았다. 나는 고개를 돌려 애써 외면하려 하였다. 머릿속으로는 인류 최초의 낙원에서 추방당한 이브를 생각했다. 뱀의 그럴싸한 유혹을 뿌리치지 못하고 사과를 따먹었던 여인, 내가 그와 똑같은 경우임을 인정할 수밖에 없었다.

인과응보일까, 외면하려 애썼던 비누 거품은 가끔씩 눈앞에 나타난다. 피곤한 일상에서 탈출하여 시원한 바다를 찾았을 때 부서지는 파도 위에, 유원지에서 달콤한 솜사탕을 보았을 때에도 나를 당황하게 한다. 왜 하필 아름다운 풍경 앞에 설 때인지 나는 자꾸만 도리질을 한다.

돌이켜 생각해보면 때때로 찾아오는 나의 우울증은 빨래를 세탁기에 맡기면서부터일지도 모른다. 정말로 옛날의 그 빨래터가 그리워진다. 단 하루만이라도 쉬지 않고 흐르는 냇물에 온갖 빨래를 펼쳐 놓았으면 좋겠다. 속 때, 겉 때, 마음속에 켜켜이 쌓인 때까지도 말끔히 헹구어 낼 수만 있다면 얼마나 좋을까.

복잡한 내 심경을 알 길 없는 빨래는 바람에 몸을 맡긴 채 춤을 춘다. 덩더꿍, 덩더꿍, 잘도 춘다.

손길 닿는 곳마다

　가깝게 지내는 후배가 이사를 하였다. 건평이 30평쯤 되고 마당도 20여 평 딸린 단독주택이다. 지붕은 이층을 올릴 수 있게 슬래브를 치고 나직하다. 집 밖에서부터 아담하고 아늑한 분위기를 느낄 수 있는 집이다. 그 집이 후배의 마음을 잡은 것도 조촐한 미(美) 때문일 것 같다.

　아파트 8층에 살 때 그는 꽃과 나무를 마음껏 가꿀 수 없는 것을 매우 아쉬워하였다. 베란다에 난분과 키 작은 화초들을 가득 들여놓고도 푸른 나무들을 보고 싶다고 성화를 하였다.

　꿈이 생기면 그 꿈을 이루려는 추진력도 힘을 더하는 모양이다. 마당 있는 집타령을 해대더니 기어코 아파트를 팔고 마땅한 집을 찾은 것이다. 아파트에 비해 방과 거실이 좁고 목욕실도 허술하지만 마당에 지붕을 넘는 오디나무가 턱 버티고 있는 것이 제일 좋더라고 하였다.

매화를 시작으로 라일락이 피고 붓꽃도 피었다고 사진을 찍어 전송해 왔다. 그리고 오디가 떨어져 마당에 까맣게 덮인다고 수선을 떨었다. 나는 오디를 얻어 와 술을 부었다. 술이 익자 오디술을 한잔씩 기울이며 후배의 뜰을 떠올려보기도 한다.

넓지도 않은 마당 한 구석에는 연못을 파고 수련을 심었다. 연못 주변에는 창포를 심어 은은한 향기를 뿜는다고 자랑을 하였다. 고추 몇 대궁, 상추 몇 포기, 화초들 사이에 남새를 끼어 심고 식사 때마다 싱싱한 채소를 상에 올린다니 부럽기만 하다.

강아지를 들이고, 카나리아 두 쌍도 새 식구로 맞이하고, 이래저래 후배의 일상이 바쁘다. 이사하고 나서 손에서 흙이 마르지 않고 외출도 쉽지 않다고 한다. 자기 하나가 그렇게 귀중한 사람인지 이제야 알게 되었다는 것이다. 전에는 아무 쓸모없이 왜 살고 있는지 답답했는데 지금은 단 하루라도 자신이 없으면 여러 생명들이 목말라한다며 비명 아닌 비명을 지른다. 자신의 손길이 닿는 곳마다 기쁨을 안겨주는 일이 생긴다는 것이다.

생명을 돌보는 손길만큼 아름다운 손이 또 있을까. 아니, 무생물에 마음을 다하고 정성을 기울이며 생명을 불어 넣는 손길은 더욱 아름답다. 그러고 보면 사람의 손길은 위대하다.

뚝딱뚝딱 칼도마 소리 몇 번이면 맛있는 음식을 만들어 상에 올리고, 섬섬한 바늘 몇 땀에 입성을 완성하여 사람이 사람다운 모습이게 하는 능력이 어머니들 손에 담겨져 있다는 사실이 신기하다. 농부의 손길은 또 어떠한가. 씨를 뿌리고 싹을 키우고 수확을 하기까지, 쉬지 아니하는 손끝에서 삶의 거룩함이 배어난다. 도자기 한 점을 빚는 도공의 손에서는 유장한 세월 속에서도 은은히 아름다움을 발하는 빛을 만들어 낸다.

평생 한 가지 일에 매달리는 사람들에게 장인(匠人)이라는 칭호를 준다. 물욕, 출세욕을 분토처럼 버리고 구도자처럼 청렴한 마음으로 오직 완벽한 작품을 추구하며 손끝에 혼신을 쏟아 넣는 일생에 비한다면 그 칭호는 한갓 겉치레일 뿐이다. 그 숭고한 삶이 오히려 숨겨진 보석과 같다.

밥 한번 허술히 주면 그 날 하루 강아지의 눈빛이 흐리고 새장 속의 카나리아 노래 소리도 다르다고 후배가 나에게 말했다. 그만큼 정성스런 손길을 생명들에게 보내고 싶다는 뜻이리라. 그에게 속한 생명들을 얼마나 사랑하는지, 그 사랑의 기운이 멀리 있는 나에게까지 전해 오는 것은 그의 말대로 '손길 닿는 곳마다' 때문이다.

어느 하루 시간을 내어 후배의 집을 찾을 생각이다. 가서 그가 가꾸는 꽃을 보며 카나리아의 노래와 더불어 한담을 나누려 한다. 그 집의 작은 마당에 서면 보이지 않는 대자연의 섭리 속에 존재하는 생명들의 존귀함을 느낄 수 있으리라. 욕심을 내려놓고 화를 잠재우며, 어리석음에서 해방되어 소박한 자연인으로서 하루를 보낼 수 있으리라 기대를 갖는다. 그마저도 욕심이라면 거칠어진 후배의 손이나 잡아보고 오는 것도 좋으리라.

지루하던 장마가 지나갔다. 이제 가을꽃들이 피어날 것이다.

코스모스가 하늘거리고 향기 그윽한 국화도 마당 가득히 피겠지. 상상만으로도 행복해지는데 보고 만지고 느낄 후배의 표정이 눈에 선하다. 이웃이 불행하면 내가 행복할 수 없고, 친구가 즐거우면 나는 덩달아 춤을 추고 싶은 것이 함께 살아가는 우리네 삶의 참맛인가 보다.

베란다 창문을 한껏 열었다. 싱그러운 바람이라도 실내 가득 들이고 싶다. 혹시 아는가, 그 바람에 후배의 연못에 핀 수련의 향기라도 묻어올지.

친구 잠자리

긴 장마 끝이다. 나직하던 하늘이 높아지고 나무들은 말쑥하다. 맑고 푸른 허공이 잠자리 세상이다. 고추잠자리, 메밀잠자리, 색이 분명치 않은 잠자리들이 뒤섞여 춤판을 벌인다. 풀밭에 핀 하얀 망초꽃들은 구경꾼이다. 초록색 잡초 들판도 비 개인 후에는 시계(視界)를 청량하게 한다.

잠자리를 잡겠다고 손자 녀석이 나선다. 형을 따라 가겠다는 네 살짜리 작은 녀석은 내 손을 잡아끈다. 보호자가 되어 마지못해 아이들을 앞세웠다. 아파트 뒤편 공터에 벌써 꼬마들이 많다. 빨갛고, 파랗고, 하얀 망이 달린 잠자리채를 흔들며 목에는 똑같이 연두색 채집통을 걸었다. 통 속에서는 저마다 몇 마리씩 포획된 잠자리들이 파드득거렸다.

나는 그늘을 찾아 앉아서 아이들을 살피기만 하면 된다. 잠자리를 좇으려는 아이들은 공중만 쳐다보고 발밑을 보지 않는다. 넘어지지나 않을까 조바심을 하며 눈길을 떼지 못한다.

그런데 가만히 앉아 있는 것이 점점 어려워진다. 여기, 저기에서 "잡았다!"를 외치면 나도 몰래 쫓아가게 되고, 아이들의 손놀림을 도울 일도 생긴다. 어떤 녀석은 망 속에 걸려든 잠자리를 꺼내다가 놓쳐버리기도 하여 내 도움이 필요하였다.

애당초 내게 잠자리를 잡겠다는 의도는 티끌만큼도 없었다. 다른 아이들은 몇 번씩 잡았다는 외침을 내며 포획의 기쁨을 맛보는데 우리 손자는 단 한 번도 그 느낌에 동참하지 못한 채 두 시간을 넘겼다. 땀으로 목욕을 하고 얼굴이 벌겋게 익었다. 그냥 두면 빈 잠자리채만 흔들다가 해가 질 판이다.

내가 나서서 한 마리만 잡고 집에 들어가자 약속을 받고 채를 넘겨받았다. 그런데 이게 웬일인가, 잠자리가 나를 놀린다. 잡힐 듯이 조용히 내려앉았다가 휙 날아오르고 나직이 날고 있는 놈에게 살금살금 다가가면 어느새 눈치를 채고 횡하니 도망을 간다. 땀이 비 오듯 흐르고 목도 마르고 화도 난다. 기어이 잡고야 말겠다는 오기가 발동한다.

그러나 어림없다. 나는 앙다물었던 입술을 풀며 생각을 바꾸었다. 꽤 여러 마리 잡은 아이에게 다가갔다. 조금은 비열한 웃음을 웃으며 "나 한 마리 주면 안 될까?" 하고 말하자 의외로 돌아오는 아이의 답은 흔쾌하다. "할머니, 한 마리 가지세요!" 부유한 자의 여유로운 포스가 느껴진다. 이왕 자비를 베풀기로 한 것, 크게 인심 쓰자는 심산인지 제일 크고 색깔이 붉은 놈을 골라 나에게 내어민다.

그 한 마리, 얻은 잠자리로는 성에 차지 않은 듯 손자는 꼭 제 손으로 잡겠다며 집으로 들어가기를 거부한다. 공터를 벗어나 망초꽃이 지천인 들판으로 내달린다. 아이 하나가 쌍잠자리를 잡은 모양이다. 짝짓기하는 잠자리라고 저희들끼리 목소리가 높다.

"잡았어요!" 드디어 손자의 외침이 들렸다. 내가 쫓아가서 아이의 망에 걸려든 잠자리를 들여다보았다. 그러면 그렇지. 눈 멀쩡히 뜨고 사지 반듯한 잠자리가 그 아이의 손에 걸려들 리가 없다. 다른 아이가 휘두른 채에 머리가 떨어졌으리라. 땅바닥에서 날갯짓만 하다가 우리 손자의 눈에 띄었던 것이 분명하였다. 그 지경에서도 날갯짓은 힘차다. 마지막 몸짓이기에 더욱 강한 것일까. 나는 망을 뒤집어 살며시 풀밭에 내려놓고 잠자리의 최후를 지켜보았다. 몇 번인가 더 날개를 떨더니 이내 조용히 날개를 내렸다. 마지막 날개 짓에서는 '나는 살고 싶다'는 외침이 들리는 것 같아 갑자기 마음이 쓸쓸해진다.

나도 아이 때는 무엇이든 잡는 것이 즐거웠다. 생명이 무엇인지 알지 못하였기 때문이다. 나비를 잡고, 매미를 좇아다니며, 한 마리라도 더 잡는 것을 최대의 자랑거리로 여겼다. 그런데 지금 생명이 스러진 잠자리를 보니 아이 적의 내 행동들이 미안해진다. 미물이지만 그들 편에서 보면 억지로 생명을 빼앗아버린 것이 아닌가.

돌아오는 길에 아이가 자꾸 목에 걸린 채집통을 들여다본다.

그러더니 얻어 넣은 잠자리 한 마리를 어찌할까 내게 묻는다. 나는 네 마음대로 하라고 했다. 아이가 목에서 통을 내리더니 통의 문을 연다. 통을 들여다보며 빨리 나와서 날아가라고 말한다. 그래도 통 속의 잠자리는 문으로 나오지 못하고 계속 파드득거리기만 한다.

녀석의 눈치를 보아하니 제 손으로 잠자리 날개를 잡을 용기가 없는 것 같다. 내가 잠자리를 꺼내어 허공에 놓아 주었다. 좋아라, 멀리 날아가는 잠자리를 향하여 손자가 "친구 잠자리야, 잘 가!" 하더니 다음엔 두 손을 높이 흔들며 "안녕~" 하고 크게 외친다. 살아 있다는 것이 얼마나 아름다운지, 손자의 친구 잠자리가 팔랑팔랑 날갯짓으로 대답을 한다. 멀리 멀리로 날아가는 자유와 환희의 몸짓이 참으로 귀엽다.

단풍 들 무렵

친구와 함께 산행을 하기로 약속을 하였다. 산 빛이 단풍 들어 절정일 때, 그 아름다움을 눈과 마음으로 흠뻑 즐겨보자는 생각이 서로 같았던 것이다.

오늘이 그 날짜인데 어젯밤에 비가 내렸다. 툭, 툭. 낙엽 떨어지는 소리가 내 귀에 들리는 듯하였다. 천둥과 번개까지 수선스럽게 창문을 흔들었다.

아침에는 하늘만 나지막할 뿐 비가 내리지는 않는다. 현관문을 나서는 발걸음이 성큼 찾아온 추위 때문에 주춤거린다. 그러나 친구의 얼굴이 동그랗게 떠오르며 약속을 지켜야 한다는 다짐을 생각한다.

대전행 버스에 몸을 싣는다. 천안과 대전은 지루하지 않고 아쉽지도 않은 한 시간 거리이다. 그만한 지점에 친구가 살고 있다는 사실이 고맙다.

우리는 가끔 만난다. 차도 마시고 밥도 먹으면서 우리의 이야기는 끝이 없다. 어린 시절을 되돌려 보면 여학교 때 이야기, 함께 교회에 다니던 이야기들이 샘물처럼 솟아난다. 옛 시절의 기억을 공유하는 시간에 우리는 고단한 현실의 짐을 잠시 내려놓을 수 있다. 나이가 같고, 종교가 같고, 이웃에서 자란 우리의 옛날은 깊은 우물이다. 퍼 올리고 끌어내도 끝없는 이야기 샘이 솟아 나온다.

친구는 자신의 집 뒤 계족산을 매일 오른다. 탄탄한 체력이 생긴 그의 발걸음은 쿵쿵 울림을 내며 거침이 없다. 그 뒤를 따르는 내 걸음은 개미처럼 바질거린다. 게다가 뾰족한 바위들이 깔린 돌산이다. 무릎이 팍팍 꺾인다. 그래도 친구는 숨 한번 고르지 않고 꿋꿋이 걷는다.

나는 군데군데 돌탑이 보일 때마다 돌 하나 올려놓겠다는 핑계로 쉬어 간다. 돌을 올리며 찬찬히 돌조각들을 살핀다. 개개의 크고 작은 돌멩이가 포개어지고 곁을 내어주며 차곡하게 쌓였다. 모두 각이 지고 모가 났다. 둥글둥글 잘생긴 것은 찾아보기 어렵다.

뚜렷한 개성을 가지고 살아가는 사람들의 모습이 연상된다. 남과 다른 재주, 자기만의 취향을 발휘하며 존재 자체의 자연스런 삶을 즐기는 사람들처럼 돌 하나 하나의 매력이 흥미롭다. 모난 돌이 정을 맞는다고 둥글어지려고 애쓰는 내가 자연스럽지 못하다는 생각이 든다. 나의 특성을 잃었기에 나는 때때로 틀에 박힌 듯 답답증을 느끼는지도 모른다.

 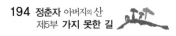

어젯밤에 있었던 비바람으로 낙엽이 쌓였다. 바람이 불 때마다 그 떨어진 나뭇잎이 후루루 날아오른다. 철새인 양 이 골짜기에서 저 골짜기로 옮겨 앉는다. 아름다운 산 빛을 기대하던 우리의 기대는 쓸쓸히 빗나가고 있었다.

지난 여름에도 친구를 따라 산행을 했다. 계족산과의 첫 대면이었다. 산등성이에 길을 넓게 내고 황토를 깔아 맨발로 산책할 수 있었다.

산속을 맨발로 걷는 기분은 내가 태초의 인간으로 되돌아간 듯하였다. 속진을 벗고 녹음 속에서 내려다보는 세상은 장난감 세계였다. 신발과 양말을 벗은 것만으로 그처럼 홀가분했으니 나목으로 돌아가는 나무들은 가히 선(禪)의 경지에 드는 것이리라.

내려오는 길에 내 다리가 말썽이다. 60년 넘게 나를 지탱해온 관절이 퇴행기에 드는 모양이다. 절뚝거리며 걷는 나를 보는 친구의 눈빛에 근심이 어린다. "걱정하지 마. 나도 열심히 운동해서 관절의 기능을 끌어올릴 테니까." 큰소리를 쳤지만 어림없는 소리라는 걸 나도 알고 친구도 안다.

다시 만날 때까지 건강하게 지내자고 눈인사를 하며 친구와 헤어졌다. 천안행 버스에 올라 하늘을 보았다. 둥근달이 휘영청 떠 있다. 열엿새, 기울어지는 보름달이다. 친구의 얼굴처럼 둥글면서 어딘지 모르게 공허해 보이는 달빛이다.

달빛이 버스를 따라온다. 나는 달빛과 함께 자꾸만 간다. 종착지를 향하여.

기도

　일요일 아침, 백발이 외출을 한다. 남루한 옷을 벗고 깨끗하고 말쑥한 차림이다. 버스에 오르는 그의 모습이 언뜻 보면 전혀 다른 사람이다. 손에 성경책을 들었다. 그가 교회에 가고 있다.

　백발은 아파트 입구 바닥에서 노점을 한다. 상추, 호박, 오이 등의 야채전이다. 난전에 나와 앉은 사람은 백발 혼자만은 아니다. 노인 서넛, 많을 때는 예닐곱 명이 넘는다. 그들이 직접 심고 가꾼 것들을 가지고 나온다. 그러니 주부들의 발걸음을 끌어 모은다.

　백발은 머리가 눈을 뒤집어쓴 것처럼 하얗다. 주민들이 붙여 놓은 별명이 '백발'이다. 그는 노점상 중의 좌장이다. 그의 허락 없이는 누구도 근처에서 노점을 펼칠 수 없다.

　백발은 선두로 좌판을 연다. 파지 박스를 넓게 펴서 영역을 확보하고 의젓하게 앉는다. 그러면 주위에 비슷한 모양새를 갖추고 동료들이 자리를 잡는다. 어쩌다 백발이 노점에 나오지 않으면 동료들이 있는데도 노점이 텅 빈 것 같다.

백발의 눈빛은 당당하다. 나중에 나온 사람들이 옥신각신 자리 다툼을 벌일 때가 있다. 그때 백발의 눈빛은 예리하게 빛난다. 당신은 여기, 당신은 저기. 손가락으로 가리키면 그것은 엄중한 판결이 된다. 그런 힘을 갖게 된 이유는 그가 노점 터를 개척했기 때문이다.

백발은 또 물건 값도 마음대로 지시한다. 고추는 천 원에 몇 개, 호박 큰 것은 얼마, 작은 것은 얼마 하고 정해 주는 것이다. 그리고 더 받거나 덜 받으면 호통을 친다.

노점 앞을 지나다가 그 장면을 본 나는 저항감이 왔다. 불평 없이 따르는 사람에게 까닭을 물었다. 대답이 의외였다. 백발의 처지가 애처롭다는 것이다. 듣고 보니 백발의 남편은 먹고 노는 한량이었다. 젊어서부터 아낙 혼자서 생계를 이어 왔다. 낮에는 노점에 나오고 새벽과 밤에는 밭일을 한다. 잠은 몇 시간이나 자는지, 밥은 제때에 먹는지, 나에게 백발의 이야기를 전해 주는 사람은 그런 걱정을 했다. 그러고 보니 백발에게는 단골이 많다. 아픔을 나누는 사람들의 소박한 인심이다.

사정을 듣고 난 후부터 나는 백발의 남편이 미웠다. 번지르르한 얼굴로 다니는 걸 보면 뒤통수라도 쥐어박고 싶다. 그럴 수 없어 손을 꾹 누르지만 눈을 곱게 뜰 수가 없다. 단지 같은 여자라는 연대감 때문이다. 평생 고생을 안고 살아온 백발의 마음속 미움이 얼마나 깊을지 짐작이 간다.

　어느 날 백발의 앉아 있는 자세가 불편해 보였다. 자세히 보니 한쪽 다리에 깁스를 했다. 놀라는 나에게 뼈에 금이 갔다고 말했다. 며칠 전 밤에 밭에서 일을 하다가 발을 헛디뎌 넘어졌다는 것이다. 그럼 누워 계셔야지 왜 나왔느냐고 반문했다. 그는 답답해서 도저히 누워 있을 수가 없다고 말하며 헛웃음을 지었다.

　그날 이후에도 백발은 여전히 노점을 지킨다. 그러나 후유증이 보인다. 누구보다 풍성하던 좌판이 쓸쓸하기 짝이 없다. 겨우 호박 두 덩이 앞에 놓고 졸기까지 한다. 힘 빠진 두 손을 모아 쥔 채 흰 머리를 떨어뜨리고 있다. 기도를 하고 있는 것 같다. 실제로 그가 기도를 하고 있는지도 모른다.

　내가 기독교 백화점을 할 때 벽에 걸려 있던 그림이 생각난다. 백발의 모습과 그림 속 풍경이 너무나 닮았기 때문이다. 그림 속에도 한 노인이 기도를 하고 있다. 빵이 담긴 접시가 식탁 위에 놓였다. 그 앞에 희끗희끗한 수염의 노인이 두 손을 모으고 고개를 숙였다. 굵은 손마디에 노동의 무게가 엄숙하다. 반백의 수염은 삶의 연륜을 말해 준다. 한 끼의 식사 앞에서 경건히 기도하는 모습이 거룩하다.

　5년 전의 일이다. 가장의 실직이 내 어깨에 지게를 지웠다. 오랜 신앙생활이 버팀목이 되어 가게를 열게 되었다. 기독교 서적과 교회용품, 성구 액자, 성가 음반, 성화 등을 취급하는 기독교 백화점이다.

영혼을 맑게 하는 성가가 하루 종일 가게 안에 흘렀다. 좋은 성경 말씀도 액자 속에서 항상 눈에 띄었다. 평화가 깃든 성화도 벽면에 빼곡하였다. 가게에 들어오는 사람마다 나에게 행복하겠다고 말했다.

그러나 나는 행복을 누릴 마음의 여유가 없었다. 북향 가게 안은 한여름에도 털옷을 입어야 할 만큼 추웠다. 운영의 난관은 겨울 한파보다 더 매서웠다. 사람의 그림자 하나 얼씬하지 않는 날도 많았다. 그런 날이면 나는 한 그루 외로운 나무와도 같았다. 차가운 바람을 맞으며 언제 쓰러질지 모르는 겨울나무.

교회에 왔다 갔다 할 뿐 진중한 기도를 하지 못했다. 바쁘고 피곤하다는 것이 핑계였다. 간절한 기도가 필요한 시기에 오히려 기도에 게을렀다.

가끔씩 벽에 걸린 그림들을 올려다보았다. 많은 그림 중에서 그 노인의 기도 앞에서 언제나 눈길이 멈추어졌다. '날마다 우리에게 일용할 양식을 주옵시고….' 내가 하고 싶은 기도를 그림이 대신 하고 있다는 생각에 깊은 위로를 받았다. 가게를 정리하면서 나는 그 그림 하나만 챙겼다.

걸 곳이 마땅치 않아 장롱 속에 넣어 두었던 그림을 꺼낸다. 보면 볼수록 졸고 있는 백발의 모습과 닮았다. 고단한 삶의 모습은 거룩한 기도와 메시지가 같은 것이 아닐까.

아침

닭 울음소리를 들었다. 꿈결인가 싶어 몸을 뒤척이는데 확인이
라도 시키듯이 또 한 번 들려왔다. 옆집 아이 정원이가 학교 앞에
서 샀다며 노란 병아리 몇 마리를 들고 오던 때가 지난봄이다.
공동주택에 살면서 냄새 난다고 반상회에서 말도 많았다. 아이
외할머니는 아버지와 헤어져 온 외로운 아이에게서 차마 병아리
를 떼어놓을 수 없다고 이야기했다. 아이의 손에서 키워졌지만
닭은 제 본성을 버리지 않았던 모양이다.

자정이 훨씬 넘어서 억지로 청한 잠이었는데 한 번 열린 눈은
다시 감기지 않는다. 창문을 제외한 구석구석에 꼼짝하지 않는
어둠이 무겁기만 하다.

해안 마을의 새벽은 길지 않다. 곤한 잠에 빠져 있을 때면 해는
벌써 중천에 떠오른다. 흔들어 깨우는 언니의 손에 이끌려 올라가
는 집 뒤 언덕에는 빨래처럼 하얗게 오징어가 바람에 흔들렸다.

집집마다 내 또래의 아이들이 잰 몸놀림으로 움직였다. 나도 빨리 오징어를 걸어 놓고 학교에 가야 한다. 두둥실 떠오르는 태양, 바닷물은 금빛 물결로 넘실거렸다. 바다와 하늘에 경계 없이 덮여 있던 물안개가 어디론가 사라지고, 물과 하늘이 또 붉은 빛으로 한계가 없어졌다.

공교롭게도 나는 두 아들 다 똑같이 밤새도록 진통을 하다가 다음 날 아침에 몸을 풀었다. 생시라면 꿈이기를 원했고, 꿈이라면 어서 깨기를 바랐던 혼미함의 연속이었다. 아기의 울음소리가 먼 메아리처럼 가슴을 울릴 때 햇살이 눈부시게 창살에 부서지고 있었다. 고향에서와 같은 일출 장면을 객지에서는 꼭 두 번 느껴 보았다. 시월과 오월의 아침 햇살이 얼마나 화사한지는 나만이 알 수 있는 비밀 같은 것이다.

잠을 이루지 못하는 날이 많아졌다. 3년 전에 큰아들이 군에 입대를 하고 나서 우울증에 시달린 적이 있다. 그때부터 시작된 불면증은 아들이 제대하였는데도 나아질 기미가 없다. 작은아들이 입대 날짜를 받아 놓았으니 어쩌면 증상은 더욱 깊어질지도 모른다. 물 먹은 솜뭉치 같은 몸을 자꾸만 뒤척이다 보면 어서 날이 밝기만을 기다리게 된다.

'툭!' 문 앞에 신문 떨어지는 소리와 함께 계단을 뛰어 내려가는 소리가 힘차게 들린다. 각 층마다 한 계단 아래에서 신문을 던져 놓고는 뒤돌아볼 사이도 없이 다음 집 마당을 향하여 신문을 던지던 소년의 모습이 눈에 선하다. 우유 배달을 하는 아주머니의 달리듯이 걷는 발소리도 들린다. 배움을 위해, 생활을 위해, 저들의 아침은 나보다 몇 시간 앞서 시작된다. 목적이 분명한 삶에 축복이 내려지기를 염원하며 마음이 숙연해진다.

신문과 우유를 집안으로 들여오며 나의 아침은 시작된다. 이 방 저 방 다니며 가족들을 깨우는 일은 하기 싫은 일 중의 하나이다. 처음에는 낮은 목소리로 아이의 이름을 부르지만 다음에는 톤을 높여야 하고, 몸을 흔들면 아이는 5분만 더, 1분만 더, 를 애원한다. 관용과 교육 사이에서 갈등하는 순간이다. 씨름 끝에 일어나는 한 사람, 한 사람 등을 떠밀어 내보낸 빈 둥지에 홀로 남은 나의 아침은 벌써 저만큼 비껴가고 있다. 하루의 절반을 훌쩍 뛰어넘은 기분이다. 종종거리던 발걸음에 힘이 빠지고 밀려드는 호젓함에 잠긴다.

큰길에서 들려오는 차 소리가 아련하여 창을 연다. 지붕 위를 날아다니는 까치도 무엇이 그리 바쁜지 날아올랐다가 내려앉고, 종종거리다가 또다시 날아오른다.

멀리 보이는 관악산이 며칠 전에 내린 봄비로 훨씬 검붉어졌다. 긴 겨울잠에서 깨어나는 나무들의 생명력이 나에게까지 전해져 온다. 나도 내일 아침부터는 아이들 깨우는 방법을 바꾸어 보아야겠다. 집안 어느 구석엔가 박혀 있을 봄의 음악을 찾아 들려주면 좋으리라. 숲 속에서 연주되고 있을 경쾌한 아침이 아닌가. 산에 다녀올 마음에 발걸음이 더욱 바쁘다.

제 6 부

새끼손가락

별 역할을 하는 것 같지 않은데 왜 아픈 것인지. 새끼손가락을 빼들고 글씨를 써 보았다. 그런데 글씨가 엉망이었다. 삐뚤삐뚤 중심이 잡히지 않고 흐느적거렸다. 새끼손가락이 신통스러웠다. 보이지 않는 곳에서 그렇게 힘이 부치도록 제 일을 하고 있구나 생각하며 쓰다듬고 어루만져 주었다.

새끼손가락

귀엽다. 실핏줄이 새파란 안쪽을 보고, 마디 금이 쪼글거리는 바깥쪽을 보아도 '고것 참 귀여워!' 소리가 저절로 나온다.

며칠 전 밤에는 새끼손가락이 아파 잠을 설쳤다. 마디 부분이 뻐근하면서 쿡쿡 쑤셨다. 고통이 사그라지지 않아 나는 새끼손가락을 오그렸다 폈다를 계속하면서 시선을 새끼손가락에서 떼지 않았다.

왜 그럴까. 곰곰이 생각해보니 한가한 시간을 메우기 위하여 성경 필사를 한다는 것이 무리가 되었던 모양이다. 마음이 내키는 대로 온종일 그 일에 매달렸더니 글씨 쓰는 일이 새끼손가락에 힘이 많이 들어가는지 미처 알지 못하였다.

꼭꼭 주물러 주면서 다음날부터 내 글씨 쓰는 습관을 유심히 살펴보았다. 엄지와 검지가 야무지게 펜을 끼고 가운데 손가락은 받침대 노릇을 하였다. 그 밑에 약지는 보일 듯 말 듯하고 새끼손가락은 잔뜩 오그라져 숨어 있었다. 별 역할을 하는 것 같지 않은데 왜 아픈 것인지, 새끼손가락을 빼들고 글씨를 써 보았다. 그런데 글씨가 엉망이었다. 삐뚤빼뚤 중심이 잡히지 않고 흐느적거렸다. 새끼손가락이 신통스러웠다. 보이지 않는 곳에서 그렇게 힘이 부치도록 제 일을 하고 있구나 생각하며 쓰다듬고 어루만져 주었다.

어제는 축구 경기가 있었다. 우리나라가 4강에 오르느냐 탈락이 되느냐 판가름 나는 빅게임이었다. 관람석에는 사람들로 빈 공간이 없었다. 태극기를 흔들면서 함성을 지르고, 나팔과 꽹과리도 한몫을 하였다. 선수들은 초록 그라운드에서 넘어지고 부딪쳐서 피가 흘려도 뛰고 또 달렸다.

땀으로 옷을 다 적시고 머리카락에서 물이 떨어졌다. 골대 앞에서 들어갈 듯하다가도 공은 또다시 굴렀다. 드디어 "골인! 골인!" 아나운서의 격앙된 목소리와 함께 온 국민이 한꺼번에 소리를 질렀다. 그리고 카메라가 감독의 모습을 잡았다. 감독은 엄지손가락을 높이 치켜들고 골인시킨 선수를 보며 환하게 웃는다. "잘했다, 네가 최고야!" 얼마나 멋진 포즈인지 나도 따라서 흉내를 내보았다. 그런데 맨 끄트머리에 있는 조그만 새끼손가락이 빤히 나를 올려다보는 것 같았다. 아니 다른 손가락들도 한마디씩 불평을 하는 것처럼 느껴졌다. 그리고 보니 상대편 선수까지 스물 두 명의 선수들이 모두 기진맥진한 모습이 되어 게임은 끝이 났다.

어느 모임에서 들었던 손가락 이야기가 재미있다. 손가락 다섯

개가 모두 자기 자랑을 늘어놓았다. 먼저 엄지가 머리를 꼿꼿하게 들고 "아무 소리들 말라구, 나는 언제 어디서나 최고를 말할 때 쓰인다는 걸 알지?" 했다. 다음엔 검지가 나섰다. "무슨 소리야, 누구, 누구, 지적할 때 내가 꼭 꼭 찍어 주어야 하는 걸 몰라?" 그러자 가운뎃손가락이 가만있을 리가 없다. "뭐니 뭐니 해도 우리 중에 누가 키가 제일 크지?" 한다. 또 약지는 "우리 주인의 몸이 아프면 약을 갤 때 내가 나서야 한다구!" 마지막으로 새끼손가락도 한마디 하지 않을 수 없었다. "가만히들 계세요, 다들 잘 나셨지만 내가 없으면 당신들 모두 빛을 잃을걸요, 장애인이 된다구요!" 모두 모두 지당한 말이었다.

그렇지만 불편을 겪어서인지 새끼손가락에 대한 애착은 옛 기억을 아름답게 한다. 새끼손가락을 걸었던 추억이다. 어른이 되어서도 매년 크리스마스에는 교회 언덕에서 만나자고 약속을 했다. 그 순간에는 사람의 마음속이 아무리 깊다 하여도 훤히 보일 것 같다. 맑고 투명하여 바닥을 다 드러내는 것처럼. 청년들이 그런 모습이라면 영원히 함께하자는 약속이리라.

다섯 손가락 중에 새끼손가락은 작다는 뜻도 있지만 자식처럼 사랑스럽다는 의미도 포함되어 있을 것이다. 우리 아이들 조그만 아이였을 때 솜처럼 포근하던 모습을 떠올리며 나는 새끼손가락을 입술에 대어본다. 아이들을 대신하여 줄 귀여운 대상이다. 내 곁에 그 아이들이 없다. 새끼손가락, 참으로 사랑스럽다.

그리운 감자밭

된장 엷게 풀고 감자는 굵게 채를 썰어 국을 끓였다. 내 입에는 맛있는데 식구들은 탐탁지 않은 눈치이다. 손자도 국그릇에 숟가락이 가지 않고 그 아이의 아빠인 아들도 국물만 먹고 하얀 감자 조각은 남겨 놓았다. 나도 모르게 남겨진 국그릇을 당겨와 알뜰하게 긁어 먹는다.

식탁에서 조금 떨어져 앉아 있던 아들이 그런 나를 물끄러미 바라다본다. 웬 식탐이냐는 눈빛이다. 감자에 대한 애착, 그것은 어렸을 적부터 나를 따라다니는 습관이다.

감자를 외할머니와 떼어놓고 생각할 수 없다. 뻐꾹새 우는 산머리도 떠오르고, 조잘거리며 흐르는 시냇물도 생각이 난다. 냇가 옆 자갈밭에 할머니는 하얀 목수건을 머리에 얹고 쪼그리고 앉아 호미질을 하셨다. 할머니 치맛자락에서 손을 떼지 못하는 대여섯 살 여자아이도 그때만은 할머니에게서 떨어져 홀로 놀아야 했다.

하루 온종일 뙤약볕이 쏟아지고 목이 말랐다. 가지고 놀 아무것도 없었다. 돌을 주워 공기를 하다가, 시냇물에 들어가 멱도 감다가, 그래도 심심하여 산그늘에 앉아 뻐꾸기 우는 소리를 들었다. 뻐꾹 뻐꾹, 엄마 떨어져 슬픈 내 마음을 어떻게 뻐꾸기가 알까. 엄마가 보고 싶어 자꾸자꾸 뻐꾸기의 애달픈 소리를 따라 울었다.

연년생 오빠와 여동생 틈새에 끼였다가 떨어져 나와 엄마와의 분리 불안증(分離 不安症)을 앓고 있는 아이. 멀찍이 그 아이를 바라보며 감자밭을 매는 할머니도 외로움을 화인처럼 가슴에 달고 계셨다. 젊은 남편과 사별하고 금쪽같은 아들은 한국전쟁 통에 북으로 가버렸다. 한(恨)이 바람이 되어 할머니 가슴에서 일렁일 때마다 감자밭으로 가셨다. 잡초들의 생명력이 아무리 끈질겨도 할머니의 호미 날을 견뎌낼 수 없었다. 정갈한 감자 포기들만 풍요로웠다.

가늘고 작은 체구 어디에서 그런 힘이 나오는지 비가 오면 비를 맞으며, 바람이 불면 바람을 가르며, 폭양이면 그 열기를 고스란히 받으며 허리를 펴지 않으셨다. 언뜻언뜻 보이는 할머니 등짝이 어린 나에게는 외출에서 돌아오는 엄마의 손짓처럼 반가웠다.

산그늘이 밭이랑을 완전히 덮고서야 호미질이 멈춘다. 밭머리를 뒤덮은 호박 넝쿨을 뒤져 애호박 두어 개를 따고 그중 한 개를 꼭 내 손에 쥐어 주셨다. "가사!" 그 한마디에 나는 할머니 허리춤을 잡고 달랑거리며 집으로 향했다. 한 손에 든 막 따낸 호박의 상큼한 냄새를 맡으면서. 조금 자란 후에 그때 할머니가 호박 한

개를 왜 내 손에 들려주셨는지 생각해 보았다. 오랜 시간 기다리게 한 보상이 아니었을까. 기다림도 노동으로 생각하시어 노동의 대가는 그처럼 달큰하다는 암시였다면 나는 일찍부터 삶의 질서를 익힌 셈이다. 그런 날 저녁이면 호박을 채 썰어 넣고 쫀득한 감자전이 부쳐졌다. 고소한 들기름 냄새가 무쇠 솥뚜껑 위에서 반들거렸다. 감자와 호박을 납작하게 썰어 넣은 된장찌개 냄새도 담을 넘었다.

내가 초등학교에 다닐 때였다. 할머니가 감자밭을 팔고 세간을 정리하여 우리 집으로 들어오셨다. 감자밭을 내어주고 받은 묶음 돈을 우리 아버지에게 맡기셨다고 나중에 들었다. 목숨줄 같은 감자밭을 팔고 대신 여생을 맡기셨던 것이다.

할머니의 지병인 해소병이 차차 깊어지셨다. 그리고 내가 학교를 졸업하기도 전에 세상을 떠나셨다. 감자밭에 가고 싶다고 노래를 하시다가 끝내 그 밭을 그리면서 눈을 감으셨다.

남편과 아들과 시집 가버린 딸을 그리워하며 밭을 매시던 할머니의 감자밭은 내 마음속에서 고향이 되었다. 어머니가 보고 싶고 할머니가 보고 싶을 때 나는 마음 섶을 열어 그리운 감자밭 속으로 들어간다. 거기, 감자 포기 하나가 시들어가는 잎사귀와 줄기 아래로 토실한 씨알을 키우느라 애쓰는 걸 발견한다. 튼실한 알뿌리를 위해 피워 올린 소박한 꽃마저도 진작 떨어뜨리고 애잔한 모양만 남았다.

공연히 울적해질 때가 있다. 그럴 때면 나는 강원도로 간다.

낯선 마을일지라도 감자밭만 보이면 그곳이 고향집인 양 밭머리에 앉는다. 산비둘기, 뻐꾸기, 이름 모르는 온갖 새들의 소리가 친구처럼 반갑다.

요즈음이 감자를 캘 때이다. 오늘 저녁에 나는 감자밥을 지을 것이다. 포실하고 뽀얀 감자를 톡톡 터뜨려 반찬 없이도 술술 넘어가는 감자밥이 먹고 싶다. 할머니가 하셨던 것처럼 강낭콩도 듬성듬성 넣을 것이다.

오솔길

집을 나서서 몇 발짝만 걸으면 닿을 수 있는 산이 있다는 건 행운이다. 자주 그 야산으로 산책을 나갈 수 있다. 이유 없이 오슬 오슬 추위처럼 권태가 달려드는 오늘 같은 날, 주저 없이 나의 발걸음은 산으로 향한다.

산자락의 평평한 품을 아파트 단지에게 내어주고 산은 우뚝하니 높이로만 서 있다. 입구에서부터 20분 정도 걸으면 고개를 만난다. 경사가 심하여 숨이 깔딱 넘어간다. 장정이 부지런히 오르면 10분 만에 정상에 닿지만 나는 급할 이유가 없다. 숨을 헐떡이며, 놀며 쉬며 오른다. 누구와 경주를 하는 것도 아니고 몸을 단련하기 위한 산행도 아니므로 천천히 산 속의 풍경을 온 몸으로 즐긴다.

산은 얼마나 넉넉한 가슴인가. 바람을 마음껏 오고 가게 하고 갖가지 생명들에게 생태의 근거를 제공한다. 그렇다고 준엄한 말이 있는 것도 아니다. 오직 침묵으로 그 모든 것을 이루고 이어 간다.

하얀 눈을 소복이 머리에 이고 청청한 이파리를 꼿꼿이 세운 소나무가 나에게 말을 건다. 냉혹한 삶이 사람에게만 닥치는 게 아니라고. 봄이면 진달래꽃 잔치가 벌어진다. 수줍은 새악시들의 분홍 갑사 치마저고리에 휘감겨 나는 행복에 겨웁다.

며칠 전이었다. 산으로 들어서다가 우뚝 걸음을 멈추었다. 길이 달라져 있었다. 아니, 길의 확장 작업이 진행 중이었다. 산 중턱까지 불도저가 굉음을 토하며 넓은 길을 닦았다.

길옆으로 잘려 나간 나무의 밑둥치가 허연 살을 드러내 놓았다. 굵은 둥치로 다가가 나이테를 세어 보았다. 오십이 넘는가 하면 백 둘레를 훌쩍 넘어가는 나무들이 여기저기 널브러지고 동강이 났다.

그러고 보니 산의 왼편이 완전히 민둥산으로 변했다. 마침 불도저 기사에게 새참을 주러 가는 사람을 만났다. 산의 나무를 자르고 길을 확장하는 이유를 물었다. 호두나무 농원을 조성하겠다는 산 주인의 뜻이라고 말했다. 그러니까 새로운 길은 사람을 위한 길이 아니었다. 짐을 실어 나르고 비료도 실어 나르기 위해 자동차가 오르고 내릴 길인 것이다. 자동차를 위한 넓은 길, 막 파헤친 황토가 핏빛처럼 붉은 길을 바라보는데, 뿌연 먼지바람이 휘돌아 지나갔다.

산의 왼편이 그렇게 변해버렸지만 오른쪽 골짜기는 다행스럽게 옛 모습을 지탱하고 있었다. 좁다란 오솔길도 여전히 나를 반갑게 맞아들였다. 한 사람 걷기 마땅한 그 길에 푹신히 밟히는 낙엽 양탄자가 정답고 숲속에서 우짖는 새소리, 바람에 흔들리는 나뭇가지들의 수런거림도 머릿속을 맑혔다. 오솔길이 남아 있는 것이 얼마나 고마운 일인지 허공을 향하여 절이라도 하고 싶었다.

오늘도 나는 잘 닦여진 길로는 눈길도 주지 않고 숲속 오솔길로 성급히 발을 들여놓는다. 단 두 사람도 손잡고 걸을 수 없이 좁아서 혼자서만 걸어야 하는 오솔길은 드러나지 않는 길이다. 풀숲에 가려서, 나무숲에 숨어서, 조용히 휘어지고 굽어진 길이다. 고독하지만 외롭다 말하지 않고 공손히 고적(孤寂)에 잠긴 그 길 위를 걷는 내 마음이 차분히 가라앉는다.

헛된 꿈과 풍선 같은 욕심, 알게 모르게 품었던 미움과 좌절감들이 굽이굽이 좁은 길 위에선 저 아래 세상의 먼지 같다. 오직 한 발짝 걸음만이 앞으로 나아갈 뿐이다. 그 길을 벗어나면 숲에 갇히고, 발을 잘못 디디면 벼랑으로 추락할 수도 있다.

길 옆의 나무들의 키가 유난히 커 보인다. 겨울을 지나 새잎이 돋느라 더 강렬히 생명력을 발산하기 때문일 것이다. 흙을 뚫고 올라오는 파릇한 풀잎들도 옛 친구처럼 반갑다. 나무를 타고 오르내리는 다람쥐들의 재빠른 움직임은 눈길로 따라가기조차 어렵다. 숲속 어디에선지 까투리와 장끼가 서로를 부르는 소리도 들린다.

손꼽을 수 없는 생명들을 오솔길 위에서 만난다. 호수가 산을 머금을 수 있는 것이 물의 깊이가 아니라 물의 맑음 때문인 것처럼, 오솔길이 많은 생명과 호흡을 같이 하는 것은 길의 면적이 아니고 고요함 때문이 아닐까.

　봄볕을 쬐는 산속의 숨결이 향기롭다. 산이 좋아 산에서 살고 지고. 그러나 속인에게 허락된 산속의 여유는 짧을 뿐이다. 그래도 복잡한 일상 속에서 오솔길을 걷는 순간이 있어 나는 생기를 얻는다. 그리고 잠시라도 고요함에 젖어든다. 귀한 행운이 아닐 수 없다.

길 위의 고향

나는 오늘도 집을 나선다. 고단치도 않은 일상이 권태로울 때 무작정 발길이 버스 터미널로 향한다. 떠나고 돌아오는 사람들이 북적거리는 그곳에선 누군가 만나질 것 같다. 아니, 모두가 어디선가 본 듯하여 말을 걸고 싶다.

떠남과 돌아옴이 한데 섞이어, 누가 떠나고 어떤 이가 돌아오는 것인지 조금도 중요하지 않은 장소가 그곳이다. 아무렇지도 않고 별스럽지도 않게 떠날 사람은 버스에 오르고, 돌아오는 사람은 버스에서 내린다. 사람들은 어디로 가며 어디에서 오는 것일까. 그리고 나는 또 어디로 가려는 것인지 먹먹해지는 곳이 또한 터미널이다.

어느 산골 후미진 곳에서 오는 듯 풋마늘 냄새를 풍기며 지나가는 노인의 팔이 무거워 보인다. 농사터를 남겨두고 자식 집에 며칠 쉬어 가려나. 하얀 스티로폼 상자를 든 사람은 그 속에 푸른 바다에서 갓 잡아 올린 해물을 담았으리라. 온 가족의 맛있는 특식을 생각하며 불편을 무릅쓰고 공수하는 발걸음에서 내 마음도 고향으로 달려간다. 고향을 다녀올 때마다 내 손에도 오징어나 북어가 들려 있다.

아이를 잉태하여 그 몸속에 품었다가 세상 밖으로 내보내는 어머니처럼 터미널은 무수한 사람들을 받아들이고 내보낸다. 사람의 영원한 고향이 어머니이듯 나에게는 터미널도 길 위의 고향이다. 떠나기 위하여, 돌아오기 위하여 통과하여야 하는 공간에서 만남도 경험하고 이별을 아파하기도 한다.

어머니가 세상을 떠나셨을 때, 나는 먼저 터미널에서 어머니와 이별을 하였다. 나와 어머니는 터미널 창구에서 함께 버스표를 사려고 기다리고 있었다. 어머니가 앞에 서시고 나는 어머니 뒤에서 지갑을 찾는 중이었다. 아무리 애를 써도 가방 속에 넣어둔 지갑이 보이지 않았다. 그런데 어머니는 어느새 승차권을 받아들고 승차구로 휑하니 들어가셨다. 그리고는 눈앞에서 사라지고 보이지 않았다. 어머니! 목청껏 어머니를 부르며 꿈에서 깨어났던 기억이 있다. 그 얼마 후에 어머니는 정말로 내가 볼 수 없는 곳으로 아주 떠나셨다. 떠나는 자와 남는 이의 장면을 극명하게 보여주던 터미널의 형체를 머릿속에서 지울 수가 없다.

어머니가 보고 싶을 때면 가끔 터미널로 나간다. 어디든 떠날 채비를 할 때도 있지만 대부분 우두커니 떠나고 돌아오는 군중을 구경하다가 집으로 들어온다. 군중 속에서 떠남과 돌아옴은 조금도 심각할 것 없는 일상이다. 떠남이 있어야 돌아옴이 있고, 돌아와서는 또다시 떠날 준비를 하는 것이 삶의 여정이 아닐까.

때때로 광막한 자연과 만나고 싶을 때가 있다. 더러는 억새 나부끼는 들판에 서서 머리카락을 휘날려보고 싶기도 하다. 어느 때는 못견디게 피붙이들이 그리울 때도 있다. 생각과 몸이 일치할 수 없어 괴로울 때도 나는 어김없이 터미널을 찾는다. 거기, 안내판의 지명을 살피노라면 나의 몸의 반쯤은 가고 싶은 곳에 닿는다. 절반의 여행을 하고 두둥실 설레는 가슴을 느낀다. 그곳은 정녕 길을 여는 공간이다. 동 서 남 북, 사방을 거미줄처럼 연결하여 놓고 길 위에서 사람들을 기다린다. 떠돌이 삶이 숙명인 나는 어디든 그곳을 통하여 떠나고 돌아온다. 그리고 또다시 떠날 꿈을 꾼다.

길 끝에 바다가 있고 산이 있다. 길은 사람과 사람을 만나게 하는 통로이다. 길이야말로 색다른 문화를 체험하게 한다. 길 위에서 세상의 모든 일들은 시작이 되고 끝을 맺는다. 영겁의 시간 이전부터 이 땅에 길이 생겨나고 먼 미래에도 길을 내는 일은 멈추지 않을 것이다.

돌아오지 못할 곳도 결국 길이다. 그 길을 떠난 이와는 영원한 이별이다. 다시는 만날 수 없는 이별을 준비하기 위해 만나고 헤어지는 일을 반복하는지도 모른다.

언젠가 떠나야 할 그 길을 만날 때까지 나의 유랑은 멈출 수 없다. 돌아오고 떠나는 길 위에 터미널이 존재한다. 짧은 시간

스쳐 지나치는 공간이지만 터미널에 서면 생각이 많다. 마치 고향에 닿은 것처럼 안온하기도 하고 고향을 떠나는 것처럼 서운하기도 한 것이다. 고향을 떠나올 때 딸의 손을 놓지 못하던 어머니의 모습이 생생히 떠오르는 곳 또한 터미널이다.

터미널에서 우두커니 서 있으면 버스에 오르고 내리는 사람들의 구분이 없다. 돌아옴과 떠남은 둘이 아닌 모양이다. 떠나기 위해 돌아오고, 돌아와서는 또다시 떠나는 길 위에 터미널이 있을 뿐이다.

너의 노래는

작은아들에게서 아이가 태어났다는 연락을 받았다. 햇살 좋은 계절 8월이 끝나갈 무렵이었다. 제 어미의 출산 휴가 기간이 두 달 남아 있었다. 나는 당장 달려가 보고 싶은 마음을 누르며 그동안 집을 전세 놓고 운영하던 가게를 정리했다. 아들네 곁으로 이사를 하기 위해서였다.

첫 만남은 녀석이 잠든 모습으로 시작되었다. 색색거리는 숨소리가 내 심장을 쿵쾅거리게 하였다. 30년 전의 제 아빠 얼굴에, 웃는 입매를 가진 며느리의 표정을 하고 하늘에서 뚝 떨어져 내리듯 나의 두 팔에 안겼다.

아이와 그렇게 첫 만남 이후 녀석은 나만 보면 팔을 벌리고 달려든다. 그러고는 와락 목을 끌어당긴다. 그러다 보니 얼굴에 화장을 할 수 없다. 여인에게 화장이란 십 년쯤 젊어 보일 수도 있고 우울했던 기분을 전환시킬 수도 있는 마력이 있는 것이다. 그러나 과감히 그것을 포기할 수 있을 만큼 아이가 끄는 힘은 신기하다.

맞벌이하는 아들 내외의 고민을 해결해주겠다고 나설 때 나는 조금 겁이 나기도 했다. '아기 보는 할머니'라는 꼬리가 붙는 것이 반갑지 않았고, 내 체력이 부실한 것도 마음에 걸렸다. 아이를 안고 업고 하다가 몸에 병이라도 얻으면 어쩌나. 또 아이를 건강하고 영리하게 양육할 수 있을지도 염려가 되었다.

그러나 그것은 기우였다. 나와 아이 사이에는 사람이 만들어낸 잣대로는 잴 수 없는 정(情)으로 이어져서, 아이의 진자리 마른자리를 내 힘으로 갈아주는 것이 아니었다. 아이는 제 스스로 단계를 밟아가며 성장한다. 누워서 팔과 다리로 바둥거리다가 뒤집고, 기고, 일어나 앉았다가 일어서서 발자국을 떼어놓는다. 두 번째 생일을 지나고 난 최근에는 내가 잡을 수 없을 정도로 뛰어다니며 못하는 말이 없다.

한 계단 한 계단 올라서기 위하여 도전할 때마다 아이가 몸살을 앓았다. 그때마다 여린 나무 잎사귀가 강풍에 시달리는 것 같아 안타까웠다. 열이 나고 우는 아이를 지켜볼 뿐 나는 어찌해 볼 능력이 없었다.

무기력한 자신을 달래고 싶을 때마다 아이를 안고 동요를 불렀다. 알고 있는 동요를 총동원하여 한 곡씩 불렀더니 어느 결엔가 아이도 따라 부르기 시작하였다. 나뭇잎 배, 섬 집 아기, 과수원 길. 이제는 노랫말 하나 틀리지 않고 음정까지 정확하게 불러 댄다. 조가비 같은 입으로 혀 짧은 발음을 내며 노래를 부르는 앙증

스러움은 가히 눈 안에 넣어도 아프지 않을 모습이다.

어른들이 하는 행동을 해면처럼 빨아들이는 아이에게 재미를 붙인 나는 자장가를 불러 주기로 했다. 아이를 재울 때마다 등을 토닥이며 "자장자장 우리 아기" 하고 중얼거렸다. 우리 할머니와 어머니가 부르던, 노랫말도 정해져 있지 않고 곡조도 정확하지 않은 옛 노래. 부른다고 해야 할지 중얼거린다고 해야 할지 모를 가락을 읊조렸다. 그 모양을 몇 번 지켜보던 며느리가 전래 동요 음반을 사 가지고 왔다. 잠잘 시간이 되면 음반을 틀어 놓고 이불을 펴 주었다. 아이는 할머니를 옆에 뉘이고 노래를 들으며 잠이 들곤 하였다.

낮잠을 재운다고 함께 누운 어느 날 먼저 잠이 든 쪽은 할머니였다. 설핏한 잠이었다. 등을 토닥이는 기척에 번쩍 눈이 뜨였는데 녀석이 자장가를 부르며 나를 재우고 있었다.

♪자장자장 우리 함머니/ 뒷동산의 부엉이야 부엉부엉 울지 마라/ 앞동산의 까마귀야 깍깍 울지 마라/ 우리 함머니 잠 깬다♪

언제 노랫말을 다 외웠으며 아기라는 단어를 '함머니'로 바꾸어 부를 생각은 어찌 하였을까. 놀라웠다. 다음 가락은 내가 받았다. '은을 주면 너를 사랴, 금을 주면 너를 사랴.'

그날부터 아이를 재울 때 나는 음반을 틀지 않는다. 할머니와 손자의 육성이 훨씬 다정하다. 내가 부르다가 눈을 스르르 감으면 녀석이 '자장자장 함머니'를 시작한다.

지금 옆에 누운 아이는 어디로부터 왔기에 나를 제 곁에서 꼼짝도 할 수 없이 만드는가. 밥이 먹기 싫어도 아이를 돌볼 걱정에 억지로 숟가락을 들고, 잠들지 못하는 밤에도 다음 날 아이를 보살필 염려로 애써 잠을 청한다.

아이가 잠시 제 엄마와 외출을 할 때면 갈팡질팡, 우왕좌왕, 무엇을 해야 할지, 어디로 가야 할지 갈피를 잡지 못한다. 내가 사는 목적을 잃어버린다. 환한 대낮인데도 실내가 어둡다. 온통 정적에 잠기는 집안 분위기가 낯설기만 하다.

태양이 홀로 떠 있으면서 온 세상을 밝히는 것처럼 네 살짜리 작은 아이가 우리 집안 전체를 밝힌다. 아이로 인하여 내 존재를 새삼 확인하는 아주 작은 사람인 나는, 그 아이가 더 밝은 빛을 내도록 기름 역할을 하는 것으로 기쁨을 얻는다.

아가야, 너의 노래는 먼 길을 날아온 철새의 날개를 쉬게 하는구나. 또한 너의 노래는 걱정과 근심이 파도처럼 일어나는 가슴 속 바다를 잠재우는 천상의 소리이다. 아가야, 우리 함께 달콤한 꿈나라로 나들이 가자꾸나.

아들

늦은 밤, 휴대폰 벨소리가 잠을 흔든다. 나는 아무런 의심 없이 전화기를 집어 든다. '첫째'라는 푸른색 형광 글씨가 선명하다. 뚜껑을 열자 "엄마, 큰아들입니다." 한다. 또 회식 자리가 늦어지는 모양이다.

평소에는 거의 전화가 없다. 부모 곁을 떠나 제 둥지를 튼 지 십 년이 넘었다. 처음 몇 개월 동안은 잔소리를 했다. 일주일에 한 번은 안부 통화를 하자. 달포에 한 번쯤은 꼭 식구들을 데리고 집에 다녀가라. 대답은 쉬운데 실천이 따르지 않았다. 서운한 생각이 가끔 고개를 들었다. 목마른 사람이 먼저 샘을 판다고 내가 답답하여 전화를 넣는다. 별일 없으니 걱정 말라는 투의 대답이 돌아온다. 괘씸한 마음으로 전화기를 내려놓은 적이 한두 번이 아니다. 그러나 서운함도 괘씸죄도, 흐르는 세월 속에 묻히고 보니 이제는 '무소식이 희소식'일 정도로 넘어간다.

그런데 어미의 잔소리가 아들에게 경종이 되는 때가 있다. 회식 때나 친구들과 늦은 술자리가 있을 때면 꼭 전화를 한다. 그때가 초저녁이거나 밤중이어도 상관하지 않는다.

"어머니, 죄송합니다." 그렇게 말문을 여는 목소리가 촉촉이 젖는다. 세상 일이 마음대로 척척 맞아 떨어지지 않는 감이 전화선을 타고 전해져 온다. "엄마!" 불러 놓고는 잠잠히 있을 때도 있다. 그러면 나도 목이 콱 막혀 아무 말도 못하다가 겨우 "어서 집에 들어가라. 늦었다!" 하고는 전화를 끊기도 한다. 직장 생활에 무슨 어려움이라도 있는가. 손녀가 어디 아픈가. 날이 밝을 때까지 속을 끓이다가 아침에 며느리에게 전화를 해보면 대부분 아무 일 없다는 것이다. 나이가 들어가며 아비로, 지아비로, 사회의 일원으로 살아가는 일이 녹록치 않음을 실감하고 제 어미를 불러보는 것이리라.

아들이 학교에 다닐 때 유난히 경제관념이 없었다. 용돈을 줄 때마다 아등바등하는 내 손끝을 보며 엄마를 속물 취급을 했다. 돈이란 있으면 편리하고 없으면 조금 불편한 것뿐인데, 돈을 금속 쪼개듯 하는 엄마가 못마땅하다는 것이었다. 자신은 결코 돈을 벌기 위해 일을 갖지는 않겠다는 말도 했다. 정말로 하고 싶은 일, 그 일을 하면서 최소한의 생활을 할 수 있다면 주저 없이 그 길을 가겠노라 단언을 했다.

그 무렵 우리 집 현관에 붙어 있는 광고지를 들고 들어오면서 아들은 공연히 화를 내곤 하였다. 초호화 빌라 광고지였다. "내

발 앞에 빌어봐라, 나는 아무리 돈이 많아도 절대 이런 집에 살지 않는다." 단순히 광고지일 뿐인데 비분강개하여 광고지를 찢어버렸다. 그때 나는 이미 부자 아들에 대한 기대는 접었다.

아들이 하고 싶은 일은 대안학교, 복지시설 등과 같이 뜻은 좋으나 실현하기는 어려운 것들이었다. 실제로 그런 일을 하는 사람들의 의지와 투지, 그리고 신념보다는 막연한 지향만 가지고 있었다. 더구나 아들은 대학을 졸업하자 바로 가정을 꾸렸다. 생활은 아들을 붙잡았고 환상은 낭만 속으로 사라졌다. 월급쟁이가 되었다. 날마다 피곤에 겨워 휴일에도 본가에 다녀가는 일이 쉽지 않다.

아들은 가끔 꿈을 버리지 않았음을 말한다. 언제라도 귀농을 하겠다는 것이다. 거기엔 나의 철없는 꿈도 포함되어 있다. 나는 감자꽃이 피는 텃밭을 한 평이라도 일구고 싶다. 또한 단 한 평이라도 절반에는 꽃밭을 만들고 싶다. 봄에는 씨를 뿌리고, 여름에는 땀을 흘리며 밭을 매고, 가을이면 거두어들이는 기쁨을 누리고 싶은 것이다. 그런 내 말을 귀가 닳도록 들어온 아들이다. 혹시 아들이 귀농에 관한 책을 놓지 않는 것이 어미 때문이 아닐까.

작은 아이였을 때 아들은 개구쟁이에 익살꾼이었다. 독감에 걸려 며칠 동안 심하게 아팠던 일이 기억난다. 먹성 좋은 아이가 열 때문에 밥맛을 잃었다. 학교에 결석하고 기운 없이 누워 있는 아이를 보며 그애가 바나나를 무척이나 좋아한다는 생각이 났다. 그때는 과일 중에서 제일 비싼 것이 바나나였다. 큰 다발을 사서 아이 앞에 놓으며 먹을 수 있으면 다 먹으라고 말했다. 눈을 휘둥그렇게 뜨며 아이가 "엄마! 복권 당첨됐어요?" 하는 것이었다. 나는 뒹굴어가며 웃었다.

그때처럼 시원하게 웃을 일은 없을까. 아들이 천진한 모습으로 돌아갈 수는 없다. 아들이 언젠가 전화기를 통하여 노래를 한 적이 있다. 음치인 아들의 노래를 들으면 실컷 웃을 수 있겠다. 취기에 겨워 '내가 살아가는 동안에 할 일이 또 하나 있지….' 부르던 목소리를 떠올리며 노래를 청한다. 오늘도 배꼽이 빠질 만큼 우습다. 나를 이렇게 웃게 하는 사람이 우리 아들 말고 또 누가 있으랴.

바다와 산 그리고 감자

—정춘자 수필집 ≪아버지의 산≫을 읽고

이정림

≪에세이21≫ 발행인 겸 편집인·수필평론가

1.

문자에는 소리도 없고 색깔도 없다. 그런데도 어느 글에서는 음악 소리가 들리고 어느 글에서는 빛깔이 보인다. ≪아버지의 산≫을 읽는 동안, 내내 들려오는 소리는 해조음(海潮音)이었다. 그 해조음은 물고기들이 해풍에 살갗을 말리는 덕장 너머에서부터 들려오는 것이었다.

명태는 짭조름한 바다 바람을 맞으면서, 겨울엔 휘몰아치는 눈발에 제 살을 얼리면서 동태가 되고 북어가 된다. 그 명태가 끝내 떠날 수 없는 곳은 바다일 것이다. 명태가 바다를 떠날 수 없듯이, 이 작가는 바다를 떠나지 못한다. 그 바다가 바로 고향이고 그리움의 원친이기 때문이다. 그래서 그의 수필에는 바다 냄새가 난다. 그리고 명태가 해풍을 몸속으로 받아들여 또 하나의 맛을 만들어 내듯이, 이 작가는 삶의 바다에서 소금 같은 결정체를 때로는 슬프게 때로는 아름답게 만들어내는 것이다.

어딘가로 무작정 떠나고 싶어 버스 터미널에 서 있을 때도 그의 발길이 향하는 곳은 결국 바다다. 자동차가 질주하는 도로 한가운데에 서 있어도 그의 귀에는 "쏴, 쏴" 하는 파도 소리가 들린다(〈바다〉). 이제 바다는 몸을 바꾸어 생활 속으로 들어왔다. 생활 속의 바다에도 태풍이 있고 해일이 인다. 결코 그 바다를 떠날 수 없다면 바다와 한 몸이 되어 살아갈 수밖에는 없을 것이다.

2.

이 작가에게 바다는 곧 어머니였다. 그것은 결코 낭만적인 시어(詩語)도 아니고 화려한 수사(修辭)도 아니다. 모든 생물체를 품어 안고 있는 바다가 어머니에게는 바로 생활의 터전이었기 때문이다. 어린 시절 어머니는 꼭두새벽에 시장에 나가 리어카에 가득 오징어를 받아 오셨다. 그러면 어린 딸들은 눈 비비고 일어나 작은 손으로 오징어를 꿰었다. 학교에 지각을 하지 않으려면 손가락에 피가 날 정도로 손놀림이 재발라야 했지만, 생활의 고단함을 미처 모르는 딸들에게는 이 일은 축제와도 같은 것이었다.

어느 날 (마른) 오징어를 팔러 상회에 가셨던 어머니가 나와 동생을 부르며 광주리를 내려놓으셨다. 물방울무늬가 선명한 원피스 두 벌이 광주리 속에서 펼쳐져 나왔다. 동글동글한 물방울이 금방이라도 굴러 떨어질 것처럼 영롱했다. 쌍둥이인 양 둘을 똑같이 입혀 놓고 "예쁘다!" 하며 웃으셨다. 햇살보다 더 밝은 웃음이었다.

포플린 원피스를 사다 주신 다음부터 나는 덕장의 여름밤이 기다려졌다. 어머니를 열심히 돕기만 하면 새 운동화도 생길 수 있다는 기쁨에 어머니가 부르지 않아도 덕장 일을 도왔다.

— 〈오징어 불빛〉 중에서

어머니의 잠자리는 늘 오징어 덕장의 멍석 위였다. 소나기를 한 방울이라도 맞히면 제 값을 받을 수 없기에 어머니는 집에서 편히 잠을 잘 수가 없었던 것이다. 잘 마른 오징어를 머리에 이고 장에 가는 날은 어머니의 발걸음이 춤이라도 출 것처럼 가벼웠다. 그런 날 저녁이면 일곱 아이들과 노부모님이 함께 둘러앉은 밥상에는 웃음꽃이 피었다. 밀린 공납금 때문에 집으로 쫓겨 오는 아이들을 회초리질해서 다시 학교로 돌려보내는 일을 한 번이라도 줄일 수 있기 때문이다(윗글). 이 작가가 지금도 기억하는 아침 풍경은 집 언덕 위에 빨래처럼 넌 오징어가 하얗게 마르며 바람에 흔들리는 모습이다(〈아침〉). 이보다 더 싱싱한 삶의 모습이 있을까.

설악산은 남쪽에서는 한라산과 지리산에 이어 세 번째로 높은 산이다. 또 그 설악은 제2의 금강산이라 불릴 만큼 아름다운 산이다. 눈만 뜨면 바라보이는 산, 이마를 맞댄 듯이 가까이 인접해 있는 산, 그런 자연 속에서 태어나고 자란 사람의 심성에는 청정

(淸淨)한 그 무엇이 자리 잡고 있을 것 같다. 남자 아이라면 그 높은 산을 바라보며 호연지기를 길렀을 것이고, 산보다 더 큰 꿈을 가슴에 품었을지도 모른다.

그러나 어린 소녀에게는 그 산은 그저 숨 막히는 장벽이었을 뿐이다. 산이 높아 기차도 들어올 수 없고, 산이 높아 앞길도 막혀 버린 것 같은 답답함, 그래서 산 너머의 세상은 늘 동경의 대상이었다. 그 산 너머에는 팍팍하고 고단한 세상이 아닌 행복으로 가득한 낙원이 있을 것만 같았다. 그래서 소녀의 가장 큰 염원은 그 산을 넘는 것이었다. 그러나 정말 그 산 너머에는 행복이 기다리고 있었을까. 꿈꾸었던 무릉도원이 존재하고 있었을까.

나는 기어코 산을 넘어왔다. 그런데 산 너머의 세상도 별것 아니었다. 아옹다옹 다투며 옹색한 현실을 벗어나지 못하는 생활이 이전의 삶과 조금도 다르지 않았다. (산 너머를 그리워하던) 그리움이 실망으로 돌아왔다.

－〈산 너머 산〉 중에서

바다가 생활 속으로 들어왔듯이, 산은 이제 삶의 도처에 또 다른 모습으로 웅크리고 있었다. 살아간다는 것은 그 산들을 하나하나 넘는 일일지도 모른다. 그 산들을 힘겹게 넘으면서 산 너머의 무지개를 좇던 소녀는 자연스럽게 어른이 되어간다.

이제 산을 넘어온 지 수십 년이 되었건만, 산이 다시 예전의 소녀를 부르는 이유는 무엇일까. 아버지를 품에 안고 있는 산, 그 산이 예전의 소녀에게 손짓을 하고 있는 것이다. 딸에게는 그렇게도 답답해 보이던 산이 아버지에게는 약초를 캐며 벌을 치던 생활의 근거지였기에 아버지는 그 산의 품속에서 영면하고 싶었을지도 모른다.

심지 않아도 꽃은 계절을 따라 피고 진다. 벌들이 꽃을 따라 날아올 것이다. 아버지 생전에 자식처럼 아끼던 꿀벌이 아니던가. 탁세(濁世)의 근심과 걱정은 산 아래에 던져 놓고 아버지는 그 산의 주인이 되셨다.

그 산에 가고 싶다고 얼마나 조르셨던가. 그때마다 자식들은 만류했다. 소진한 기력으로 어찌 가시겠느냐 염려하는 척, 어느 자식 하나 동행하여 모실 시간을 내지 않았다. 그런데 어느 누구의 제지도 없이 산은 아버지를 품어 누이었다.

‒〈아버지의 정원〉 중에서

산 너머의 세상에도 낙원은 없다는 것을 이미 알아버렸으면서도 막연히 산 너머의 그 무엇을 그리워했었는데, 그게 아버지였음을 가르쳐 준 산―. 산은 이제 아버지이고 아버지는 곧 산이 되었다.

김진섭은 〈백설부〉에서 눈을 이렇게 묘사했다. "나는 겨울을 사랑한다. (…) 무어라 해도 겨울이 겨울다운 서정시(敍情詩)는 백설, (…) 온 천하가 얼어붙어서 찬 돌과 같이 딱딱한 겨울날의 한가운데, 대체 어디서부터 이 한없이 부드럽고 깨끗한 영혼은 아무 소리도 없이 한들한들 춤추며 내려오는 것인지(…)."

동서양의 문인들은 최고의 수사(修辭)를 동원하여 백설을 노래해 왔다. 그런데 그 순결의 상징인 흰색을 과감하게 붉은 색으로 바꿔버린 작가가 있으니…. '붉은 눈길', 이 얼마나 충격적인 제목인가. 붉은 색은 부귀와 열정과 행운을 상징하는 것인데, 이 작가의 붉은 눈은 핏덩이가 섞인 각혈(咯血)이었던 것이다.

좁은 땅덩어리 안에서 눈이 가장 많이 내리는 강원도. 무섭도록 조용하게 퍼붓는 눈이 허리를 묻고 지붕을 덮어 누르는 모습을 보면서 소녀는 "거부할 수 없는 지역의 기후에 대한 원망"(〈붉은 눈길〉)을 미움으로 대치해야만 했다. 예배당 뒤편에 방을 얻어 사는 가난한 청년, 결핵환자, 그가 바로 소녀의 구체적인 미움의 대상이 되었다. 청년은 자주 집에 놀러왔고 어머니가 끓여주시는 만둣국을 맛있게 먹고 집으로 돌아가곤 했다. 기침을 하면서.

(어느 날) 비척비척 몇 발 앞으로 나가던 그가 눈길 위에 피를 토했다. 붉은 눈길이 그의 발걸음을 따라갔다. 비틀거리던 발걸음이 멈추고 피를 낭자하게 토하며 쓰러졌다. 그의 일생 스물아홉 해가 그렇게 무너졌다.

－〈붉은 눈길〉 중에서

청년은 병원차에 실려 갔지만, "청년이 멀어져 간 뒤에도 눈길은 자꾸만 붉은 빛을 넓혀 갔다. 옥양목에 물감 배어들듯 눈길은 선명한 핏빛이 되었다."(윗글).

　그가 죽자 남겨진 일기장 속에서 청년이 소녀의 집을 자주 찾아왔던 것은 언니를 사랑했기 때문임을 알게 된다.

　　가슴이 타들어 가는 아픔을 안고 조그만 계집아이의 미움을 견디며 오직 사랑하는 여인을 한 번 더 보고 싶었던 심정을 내가 이해한들 몇 분의 일이나 될까.(…) 용서받지 못한 미움을 간직한 나는 마음속에 녹지 않는 눈길을 안고 산다. 핏빛 선명한 붉은 눈길이다.

　　　　　　　　　　　　　　　　　　　　　　　－윗글 중에서

　순결무구한 흰색이 핏빛으로 변해 가는 충격적인 모습을 목격한 소녀는 그 후 이 일로 인해 정신적인 트라우마를 앓게 되지 않았을까. 살갗을 파고들어간 가시가 안으로 화농이 되는 것처럼 트라우마는 또 하나의 상처를 마음에 새기게 되는데, 여기에서 벗어나는 길은 그것을 정면으로 바라보고 인정하는 일이다. 미국의 시인인 로버트 프로스트도 이렇게 말했다. "그곳을 빠져 나가는 최선의 방법은 그곳을 거쳐 가는 것이다."라고.

　이 〈붉은 눈길〉은 작가를 정신적인 트라우마에서 구원해 준 작품이자 무채색의 글에 색깔을 입힌 슬프고도 아름다운 글이다.

 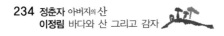

예쁘지도 않은 감자만 줄기차게 그리는 화가가 있었다. 그래서 그의 캔버스는 늘 우중충한 회색 일변도였다. 화려한 물감을 뿌려 마음껏 색채의 향연을 벌이고도 싶었을 텐데, 화가의 영원한 소재는 그저 잿빛 감자였을 뿐이다. 빈센트 반 고흐도 네덜란드 하층민의 비참한 현실을 화폭에 담아 〈감자 캐는 여인들〉, 〈감자 먹는 사람들〉, 〈감자가 있는 정물〉 같은 작품을 남기지 않았던가.

이들 화가들이 모양도 예쁘지 않고 빛깔도 아름답지 않은 감자를 그렇게 즐겨 그린 이유는 바로 그 '내실(內實)' 때문이었다. 겉모양이 아닌 내적인 가치나 충실성으로 인해 두루뭉술한 감자가 이렇듯 사랑받고 존중받게 된 것이다.

이 작가 역시 감자를 사랑한다. 그래서 감자꽃을 세상에서 제일 예쁜 꽃이라고 자신 있게 말한다. 백합, 장미, 난초 같은 꽃들을 알게 되면서 감자꽃에 대한 환상이 잠시 깨졌던 적도 있었지만, 곧 감자만이 갖고 있는 아름다움과 가치를 알게 되면서 그는 아예 감자꽃을 자기와 동일시한다.

감자꽃처럼 매력 없는 꽃은 또다시 없을 거라는 생각을 한 적이 있었다. 윤기 없이 푸석한 꽃잎에는 향기라곤 느껴지지 않았다. 작달막한 가지마다 팡파짐하게 피어 있는 흰색 또는 자주색 꽃은 색깔조차 선명하지 않았다. 그러나 나는 곧 알게 되었다. 감자꽃은 아름다움만으로 피었다 지는 열매 없는 꽃들과는 다르다는 것을.

(…) 백합처럼 향기롭지도 못하고, 청초한 난초의 기품에도 비할 수 없고, 장미만큼 아름답다는 말은 더욱 어울리지 않는 감자꽃. 작은 키에 시골티가 배어 있는 너희들 어미 모습이 감자꽃과 닮았다고 말해 주었다.

-〈감자꽃〉 중에서

산이 싫어 산을 넘어왔으면서도, 신산(辛酸)의 바람이 싫어 바다를 떠나왔으면서도, 그곳에는 알지 못할 그리움이 묻혀 있는 듯 마음이 달려가곤 했다. 그런데 이제 그 산이, 그 바다가 이 작가에게 그리운 대상을 하나 새로이 만들어 주었다. 그 그리운 대상 속에서 이 작가는 다시 산도 만나보고 바다도 만나보는 것이다.

삶이 무거운 날이면 나는 꽃이 되고 싶다. 장미와 백합과 난의 미(美)와 향기(香氣)에는 좇을 수 없는 자신을 알기에 씨알을 튼실하게 맺는 감자꽃이 좋았다.(…)

이제 나는 그 어떤 꽃도 될 수 없고 오직 한 '사람'이어야 한다. 그런데 나는 '사람'으로 살아가는 이 삶이 아직도 어렵다. (…) 달맞이꽃의 숙명이 그리움인 것처럼 나도 그리운 대상 하나를 가슴에 품었다. 달님처럼 높고도 멀리 있는 수필 (…)

-〈달맞이꽃〉 중에서

이 작가는 자신의 수필에 무엇을 담으려 붓을 드는 것일까. 그는 "한 여인의 간절한 기도와, 보이는 나와 내면 깊숙이 숨어 있는 나와의 소통과, 피 흐르는 상처의 위로와, 토로치 못한 심중의 정한(情恨)"(〈달맞이꽃〉)을 담아내기 위해 시간조차 멎어 버린 '시실리(時失里)' 섬에 앉아 오늘도 글을 쓰고 있다.

그는 글을 쓸 때 더없이 행복하다고 했다. 자신과 마주 앉아 지나온 날을 회고하기도 하고, 가야 할 길을 떠올려 보기도 하면서 이 작가는 지금 행복의 수(繡)실로 한 올 한 올 이야기를 엮어 나가고 있는 것이다.

외부에서 얻어지는 행복은 오래 머물지 않습니다. 그런데 내면에서 솟아 나오는 행복은 내가 수필과 함께 있기만 하면 언제나 곁을 떠나지 않았습니다.

-〈책을 내면서〉 중에서

3.

시인이며 독립운동가인 권태응 선생은 "자주 꽃 핀 건 자주 감자/ 파 보나 마나 자주 감자// 하얀 꽃 핀 건 하얀 감자/ 파 보나 마나 하얀 감자"라는 불후의 동시를 남겼다. 이 짧은 시에는 불교의 '불이(不二)사상'이 담겨 있다.

"감자꽃이 피는 텃밭을 한 평이라도 일구고 싶다"(〈아들〉)고 한 작가 역시 글과 사람이 같고, 몸과 마음이 같고, 사람과 자연이 같고, 언어와 행동이 같은 감자 같은 수필을 쓸 것으로 보인다. 배고픈 사람들에게는 구황식물이 되어주는 감자처럼 영혼이 허기져 있는 사람들에게는 따뜻한 위로가 되어주는 글, 화려하기보다는 내면이 충실한 글, 자신을 낮추면서 남을 우러러보는 마음이 아름다운 글, 그런 글을 대하게 되면 글쓴이의 이름을 굳이 보지 않아도 이 작가의 글임을 알게 될 것이다.

감자의 별칭은 '영혼의 작물'이다. 이 작가가 자신의 감자밭에서 피워 올리는 꽃은 자신과 영혼이 둘이 아닌 바로 그런 수필이 되지 않을까.